U0037592

李繼開

第七號文集

這樣的顏色叫做灰

A Streak of Grey

自序

〈一種灰色的形成〉

我經常靠在我的躺椅上，有時候晒晒太陽，有時沒有太陽只有點小風，恍惚中看見自己躺靠著的身體起伏得像一座丘陵。這讓我不由想起我小時候生活的地方，從長江上了岸就一直向上走，走十幾里就可以爬到我家，因為我家所在的位置是最高的。我在家門口往下放眼望去，在那個時候可以先看到竹林、梧桐樹、廠房、田坎、一些小的土坡，而後可以見到更遠處的農舍與鎮子，然後看到火車站；如果視力很好的話，再遠就是一條灰白色帶子似的平躺流動的長江，和江對岸越來越淡的山外山。現在我陷在睡眠的躺椅中，眼睛就是我從前的家門口，我平伸出去的腳就是長江，小時候的我經常就會從腳這頭不斷地爬坡，慢慢走至我的眼前。

關於過去的漫長記憶，有總比沒有好，一個人的故鄉是不可以被選擇的，我只能時不時摘取如雨後春筍般冒頭的記憶細節，一些回憶的準確出現就像一場不期而至的雨水一樣，讓人有種靠天吃飯的感覺。我在整個兒童時期感覺天地恆定，萬事萬物生長變化緩慢，而自己也從未想著急長大過。就算是這樣，到了某個時候人也會離開他熟悉的過去，而在我離開時已經不是一個小孩子了。還記得在搬家前一個兒時的朋友送我了一對鴿子，等我到了新家鴿子飛走了再沒回來，一個月以後收到朋友的來信說鴿子自己飛回老家去了。

我身旁的長江是在它的中上游段，在緩緩流過許多的地名後就流到了我在重慶上大學的地方，我在那裡待了十年。之後長江向東流經過更多的地名，穿越三峽到了武漢，我現在待著的家就在長江邊上，我發現自己這麼多年一直是在伴江而居，發現在長江的沿岸也一直都有鐵路和月臺，深夜總是會聽見火車的聲音和江上輪船的聲音。

在一個人生命裡，兒時的故居總是會伴隨終生的，這就像對於某種食物偏好的口味和對某種氣味的記憶一樣。很多人的家鄉都已經消失不見了，就如我的老父親在幾年前有機會去找尋他在成都雙流的故居一樣：從前的石板路和水井早就不見了，於是他在夜色中的一家超市和理髮店門口留影，說這就是從前他家的所在。這樣滄海桑田的事情實在是太過平常，但該記得的是一定會記得的。所以以至於我回鄉時見到的飛鳥和地裡的蔬菜野菜，也像見到它們的先祖一樣毫無陌生感，彷彿它們就應當一直守在此地一般。

在流走的時間面前，一個人的真實面目只能是駐足於此時此地。自己過往幾十年經過的四季顏色變化，記憶裡面無數可說可不說的事情，終於雜混成了一種灰色。這是一個封存了我個人歷史的灰色信封。自己一直以繪畫作為職業，心知一種灰色形成的自然而然與不可言說之處，它就是一種必然的結果；如同生活中的灰塵的顯形一樣，時間一天天過去，淡淡的和暴烈的灰的味道都會適時出現。

此時我靠在我的躺椅上，想像自己身軀成為了一條有著山川河流，田園廠房的長長的路，或者是我小時候每天回家時爬過的起伏丘陵，彷彿我在目送自己的離開和注視著我的每一次歸來。

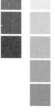

目錄

章節三　藍灰色的眼淚

章節四　土灰色的住所

章節一

白灰色的石頭

小廚房與煤油燈

重慶地區產天燃氣，所以我家在很早的時候廚房就是用天燃氣的。當時人們住的房子都是「公家」分的，家家戶戶都差別不大，也都沒有什麼室內裝修的概念，那個時候連黑白電視機都不普遍，我記得那就是*《鐵臂阿童木》在電視頻道裡播放的時候。

我家廚房的基本結構就是用水泥板構成的，雖然是簡陋的一片灰白色，用的年月久了還起了不少的裂縫，不時會有小蟲螞蟻從縫裡爬進爬出。但這個地方確實是母親變出各種美食的所在，也是我小時候擺上小桌子小檯燈做作業的地方。我總是一邊做作業，一邊摳牆壁。久而久之摳出一些洞來，我甚至可以透過小洞瞄見一牆之隔的客廳裡播放的電視節目了。等到我高中時候，在讀《基督山恩仇記》裡主人公鍥而不捨挖洞越獄的情節時，就覺得有一種似曾相識的片段浮現。

白天某個時辰，陽光會從窗戶照一縷進小廚房，照在灶臺和油膩的廚房牆上。那個時候也還沒有抽油煙機，只有一個鐵灶臺。旁邊有一塊水泥板是切菜放碗用的操作臺，再旁邊是一個大的水泥洗碗池。從前父母買了大魚就會在裡面養一些時候，小小的我就常常在池子裡面抱著大魚玩耍。

廚房裡還有一個大的粗陶米缸，裡面會有白色的米和黑色的米蟲。它們都是我做作業時的玩具。在我剛上小學的時候，有一次負氣出走和一個小夥伴就躲進了家附近的糧店。天黑下來了，街道廣播裡在反覆喊著我們的名字。我還記得那滿屋都是米袋子的大米的味道，當然最終我們還是各自回各自家了，總免不了一頓罵和教育。

在這件事情不久之後，我的爺爺奶奶相繼因病過世，當時他們年齡也並不太老。爸爸從老家處理完喪事，陸續帶回來好多分家後的家什。這些東西多多少少我也都有印象，它們充滿了成都的味道。在它們中間就有一盞民國時期生產的，有著厚厚綠玻璃的煤油燈。從前時不時會停電，在晚上停電漆黑一片之後，我們就會點起這盞老燈。它的樣子在點亮燈芯之後很像一座童話裡出現的城堡，我甚至趴著盯著看出了很多的細節，也許還有故事的情節。它也很像海洋裡的燈塔。總之，因為點了它，屋裡的一切都變得不一樣了，人走到哪兒都帶著一團巨大的黑影子。

昏沉的燈光下，人們只能做一些最基本的事情。因為燈光太暗，火苗經常跳躍，不斷有黑煙從燈罩裡竄出來升騰到天花板上。有時為了增加亮度，也會去廚房打開天然氣灶，讓藍色的火苗一起跳躍。

我也記不起來為什麼我們當時不經常使用蠟燭。在這種時候，這一盞燈就像是這個家庭的主心骨一樣。對了，在我後來學了畫畫，看到了梵谷的*《吃土豆的人》，整個氛圍就是那種感覺。

再後來，不知何時我的煤油燈，我兒時微觀世界的城堡，我黑暗的海洋裡飄搖的燈塔，從我的生活中消失了。也許是不經意間被打破了而丟棄了。我不

「過去世界」的劇場

在小時候，父母的家是自己唯一和天然的窩，我生活周圍的大自然，回憶起來，也是自己家的一部分。一個小孩子，總是低著頭走在外邊兒的土地上，路上遇到的蚱蜢、樹上落下來的野果子、趕路的毛蟲、樹影和草在長長的紅磚或者灰磚的路牆上搖晃，這一切都是與家有關係的情節。太陽均勻地照耀一切事物，直至暮光裡所有龐大細微的事物漸漸隱去。這些具體的眼前所見，和千里之外看不見的也沒有太多差別，那個時候在小孩子看來，萬事萬物是一體的，對於很多事物一視同仁。不知道從什麼時候開始，漸漸長大成人，開始有了自己的家，心心念念營造的不過是個牢籠，一個故步自封的所在，開始習慣了想把自己的園子圍起來，把自己買的樹和花種進來，再弄點死氣沉沉的水，去費力勞神的造景，把自己圍在裡面。有些時候會恍然想起，人對生活的認識就止步於此了。而回憶兒時眼中所見世界，綿延得彷彿讀一本長書，大自然的豐富細節無不在提示生存的美好一面，只要人願意行走發現，就算是徜徉在自家後院一般。

在寫東西的大多數時候，我都像是在等待被一種敘述語感的擊中，希望自然而然去接近想要表達的本身，那是一種天成的狀態。這樣語言會像睡夢中流出的細水一樣，不知從何而起，也不知乾涸於何處。在這樣的碌碌塵世裡去保持對無所事事的無聊感，就像一個人同時有著一顆老心臟和新鮮的眼睛，就像一株可以接受日光照射和可以隱沉黑夜的植物。看陽光一視同仁展開和鋪陳，看晚霞裡萬物的輪廓，看黑暗裡星辰的微光。光讓萬千事物顯形，讓世界像一個不斷變換風格的劇場。十歲以前，兒童只是負責不斷觀看。十幾歲時候做過的事和所感受到的東西，多半並不自知，而這樣的不自知是藝術所需要的。

這讓我想起我很小時候的家的所在，在我記憶之中也像一個「過去世界」

的劇場，因為時間輪番在沖刷，那個小地方已越來越荒蕪，最終已完全不復存在，由一個荒地重新變成一個嶄新的居民區了。從前的格局卻都記在我腦子裡，那些拾級而上的水泥路梯、那些木質的路燈杆子、路旁的小醫院和廁所、還有些熟悉的人的家……那些集體宿舍樓的地板都是木板搭建的，走在上面很容易發出很大的聲音，每一戶人家門口的旁邊都放有蜂窩煤和爐子，還有一個公共浴堂，高高的空間裡白色水霧氣在往上升。這個不大的地方在晚上路燈亮起後，就真像一個舞臺劇場了，那些經過的人影子一晃而過，人越來越少，房間越來越空，到了千禧年前後，終於只剩得幾個看守人住在這裡，而再過得幾年，曾經熱絡正常的場景都全變得空空，游泳池乾涸了，樹和草自顧自地生長，有些人家曾經菜園裡的南瓜也在自己一年年開花結果。一些樓漸漸被拆除了，人走在街上發出空空的聲音。這樣空空的聲音對應著一個人的幼時記憶，彷彿有一個遊魂在我離開很久之後的故地上空俯視，並起風帶著一九七〇年代的土灰。

電線杆子上的高音喇叭響著「文化大革命」結束後的新鮮音樂：

石頭房子

小時候我住的房子是全由大石頭壘成的，所以至今印象深刻。那個時候也有磚，也有水泥，但工人們還是就地取材，選用了本地灰紅色的砂岩製成條石，壘起來了這棟樓房。這厚實的坯子加上房子四周殘留的「文化大革命」時期的粉刷標語口號，雖然經過多年風吹雨刷，但還斑駁留在牆上。這一切讓還是一個兒童的我覺得自家房子是一艘巨艦。

在我們剛搬進去的那一天，也許是因為植樹節吧，每戶住底樓的人家還發了一棵小樹苗，讓種在自家門前。我家那棵很快就被我折騰枯萎死了，取而代之的是我爸爸種植的一窩玫瑰花。其餘人家的經過十來年漸漸樹木亭亭如蓋。

床單

我母親從前是在醫院裡工作的，那是一個社區的小醫院。我小時候經常會在她值守夜班時睡在醫院的床位上，所以雖然我很少生病，但對白床單和醫院的氣味卻是很熟悉的。這裡的床鋪沒有慣常家庭裡面的樟腦丸味兒，在睡夢中我也似乎可以進行在另外一個世界中了。

幾十年前人們的枕頭有的會是由穀糠填充其中的，每當我夜半翻身時，耳朵就會聽見穀糠在枕頭套子裡發出的聲音，像是好多來自鄉村稻田裡的小人兒們的腳步聲，或是在嘈雜密集的在輕聲說故事。那些床單被套的雪白也彷彿使一切更柔軟，醫院四處的白色的確可以讓躺在床鋪裡的人心思更加空洞，從前

小衣服

有些時候睡著睡著，我經常可以在睡眠裡某個既定的時刻，相當真切地回憶起很多來自童年的細節。雖然如此清晰記得，但是卻沒有什麼童年的東西留存下來。那些零散而本來就不多的東西，早就丟失在時間的沙海裡了。

在那個年代，每個人過日子的東西很少，目光所及夠用就行，這也是安心於過日子本身。其實這真是件好事情。社會發展，東西太氾濫了，失去了對物的情感，也多少失去了物品背後的人的情感。生活本身本是無可無不可的，只要最基本的條件滿足了，越是自由就越好，可以自在地打發時間，這個很重要。

我還記得，從我相當小的時候，玩具應該沒有塑膠製品做成的，要麼是鐵皮，要麼是木頭。衣服應該都會是手工做的，而不是像現在買的成衣。到大一點上學以後我的書本課本、書包、文具和那些曾經陪伴我的零碎玩意兒在不經意時都漸漸消失殆盡。稍大的時候，到了小學升初中，或是初中升高中，直到高中升大學的時候，經歷過考試的我和幾個同學便會將所有課本什麼的付之一炬，然後呆看那堆在野地裡跳躍的火苗。

小時候每個時期自然而然地精心建構的世界，為什麼會在不知不覺間分崩離析，有時想想兒時的物件好歹留幾件直至今日吧，但是確實是沒有什麼了。我似乎就是在一路丟棄，只留下夏天青草變成秋天枯草的迴圈印記在心裡。那個時候也沒有寫日記的習慣，因為每天根本就不無聊，沒有空去面對和體會自己，每天都在野地裡瘋跑。

其實仔細回憶，會特別懷念自己每個階段的衣服，如果能夠保留到今天，將衣服平鋪我就可以看見以前那個熟悉的小孩。他就是我，但又太過久遠而陌生，撫摸衣服就可以看到在一雙大手下的小身軀。

這不是別的小孩，這是我自己啊。

田野保險櫃

我在剛上小學的時候，成績就不好，有一次考試成績出來之後，由於擔心成績太差，不敢把試卷帶回家，就在放學路上的田坎上找到一個洞，把作業和卷子都藏在這個小洞裡，然後把口封上，做了個記號。回到家後吃過晚飯，果然父母問到考試成績，無言以對便領著父親打著手電筒去了野地裡，那個夜晚天是暗藍色的。

記得那是在冬天，地面上光禿禿的，冬季夜晚田野裡無數洞穴裡的居民在冬眠。我的祕密就封藏在地裡，溫暖的光線射向泥巴洞的時候，洞穴裡更小的孩子拖著揉成一團的紙在往深處躲。

春遊

回想起小學二年級時，春遊去凌峰山，當時真小啊，媽媽只給了我一點點錢，好像幾分還是幾毛。我看著別人吃小蛋糕，我喝自己水壺帶的水，後來黃老師買了些東西給我。又想起初二的時候下放鄉村時的冬夜，偷偷去買一包餅乾在操場上吃，那些很少的拮据的日子，其實很美好，珍惜和想像著一些東西，也是一去不回，很少能有機會體會了。

有的人天生可以把生活過得體面，過得整潔，過得高貴，有的人則一生混亂。這是各有各滋味了。

搬家

小時候經歷過幾次搬家，幼兒時期的是全無印象了，包括小學六年級時那次。只記得一次放學習慣性地走回已空蕩蕩的故居，方恍然想起家已搬了，又慢慢走回新家去。那時候不過是從廠子這個家屬區搬到另一個家屬區，倒也不遠。想來那個時候搬家定是用板車拖吧，東西也不多，家家如此，都是些必需的家什。

後來初三夏天，從江津舉家遷至永川，現在仍記得一貨車拖著我們的全部家當，我坐在後廂裡，旁邊是一個陶的大米缸，好像裡面還裝了些水，也許米缸裡還放有紅魚吧。米缸較大較深，頭伸進去就是進入另一個空間，就算我不出聲耳朵也滿是回音。車在山路上彎曲行走，陽光照耀丘陵，當我們從山上下來，山下一片平原。

此後又搬過幾次家，但由於自己已經在外讀書，都沒有參與了。只是我上大學開始，租房後倒是不斷搬家，成了常態。

時間也從八〇年代、九〇年代、兩千年、一直搬到今天。

灰

記憶裡那個年代有很多灰，因為廠子裡總有大卡車拉礦土出入。路兩旁高大的楊樹掛著一身白灰站在那兒，和它們腳下低頭下班的工人一樣，風吹過來掠起了他們肩膀上的白灰。

一切都像舊照片一樣。泛黃、起斑，但照片裡的神情面孔堅固地停留在記憶盒子裡的標本切片上。

那個時候工廠的居民社區有一條小溪，溪裡奔流的水是熱水，是處理礦石和冷卻機器用的水。每到冬天霧氣騰騰，和溫泉一模一樣，很多工人就在溪水裡面洗澡。這樣的熱水洗著讓人很不放心，有人因此得了皮膚病，也有人因此

麵條與米飯

一個人冷冷清清的煮麵條，時不時的看著窗外，看著那些不變的景，想起了小時候爸爸教我煮麵條的訣竅。在我六七歲的時候，他擔心我把握不了什麼時候麵條才可以煮好，誇張地示範用筷子挑起一根沸水中的麵條摔在廚房的牆上，說：「麵條粘在牆上便是煮好了。」於是在之後很多年，每當我煮麵牆上就亂七八糟掛著些麵條，像是一種舞蹈。還記得有爸爸告訴我煮飯時關於米和水比例的訣竅，也都不是用看的，而是像練鐵沙掌一樣。米飯與麵條，是最基礎的主食，一直以來，在我煮飯或者煮麵的時候，會下意識地想起這兩個訣竅，然後偶爾會覺得好笑，一想到這些對付小孩子的土辦法，竟然陪伴了一個人這麼久。

它們就像漫漫長路未曾丟掉的行李，其實每個人都有這樣的記憶小抽屜，一拉開裡面都是溫暖的光。

回不去了，終是回不去從前了，父母已老了。昨晚又看《呼蘭河傳》，也深感早已成枯骨的作者，在三十將至時的年紀，同是感懷「回不去了」，她在最南邊的港島，細細將那最遠端的北國一件一件事情牽了出來。人生本是有限的，當一個人感知到有限的時候，時間就會變慢，像一個漸停下來的車軲轆。一個小孩子的時間應當慢而充裕，當一個成年人的時間也變慢時，多半是因為他沒有太多可以去選擇的花花世界了。

〈殼〉

夢到荒蕪就是身處荒蕪
分崩離析的垮塌
媽媽　對不起
我沒有能夠照顧好自己
沒有一張好的床休息
我的時間已經過去　我的世界感受已經足夠
那顆長久受傷　委屈的心
曾經讓我後悔來到這個世上

童年是我來時褪下的殼
歡欣鼓舞的孩子　帶著空白空蕩蕩的心
好吧　我承認自己不通人情
承認我寄生的世界不屬於我

〈小廚房〉

山巒的臂彎懷抱小廚房
山群似海浪
那挨了千刀的菜板
朽木上萬千交錯的線
砍殺著
形成星星的光
麥芒上行走的蜜蜂如僧侶
有人拉了細線

走在無邊黑夜中
蜘蛛如山安坐而露水顫抖
暗而濕處米的氣味　土豆的氣味　肉的氣味
在呼吸起伏裡閉眼的我
衰落時的緩慢恰如我來時緩慢生長

〈菜園〉

遇見用樹枝抽打大白菜的男孩
菜地就像經過了一場小型的暴風雨
男孩踢走地裡的捲心菜
一坨一坨滾動得像敵人的頭顱
那裡的白蘿蔔和紅蘿蔔
埋得這麼深也被拔了出來
像一顆牙被拔出來放在了一邊

章節二

黃灰色的飛蛾

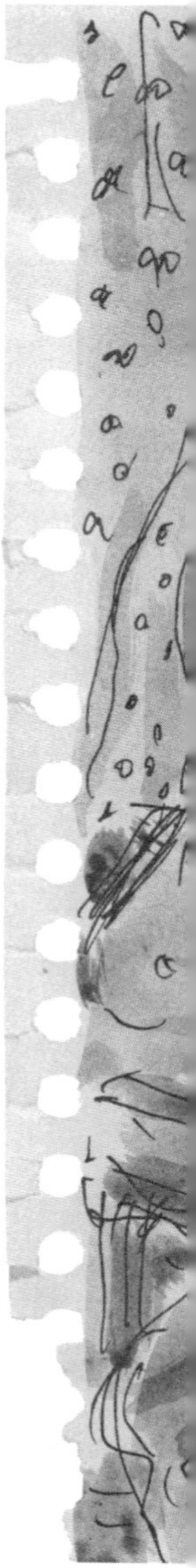

四季食物

春天有春天的食物，夏天有夏天的食物，當然這說的食物並不是日常三餐的主食，而是那些殘留在記憶裡，兒時亂七八糟的偏門兒食物。其實它們的名字我好多都不知道，因為那時候我還太小，只有食物們留給我獨特的印象讓我隱約感覺至今。

比如屬於春天的食物，就是一種薄薄的蛋餅。賣餅的人把它做成粉紅粉藍粉綠色的，在春天裡買這種薄餅讓我覺得它們本身就是春天了。夏天我曾經被帶到過一個做冰棍兒的工廠裡去玩，除了吃很多冰外，那裡巨大的涼爽和四處的水管子上冰涼滲出的水珠，讓當時的我想起冬天裡的鐵塊。秋天是吃糕的季節。

連賣爆米花的人也多了起來，軟軟糯糯溫良的米糕和四下裡烤米花放炮的聲音，是那個季節的記憶。冬天就是轉糖人兒了，一個旋轉的羅盤指標，撥弄一下，指到什麼樣的動物圖案，糖人兒師傅就迅速地用化開的焦糖給倒出一個相應的圖案，然後遞給你。這種玩意兒到現在也還有很多。

那個時候雖是物質不充裕的時代，但日常飯食，應季水果倒也不差似現在。有時還會覺得當年飯菜更香一些，有時路過工廠、小學、幼稚園的食堂，飄出的香味和穿著白大褂的師傅搬出熱氣騰騰的白白大饅頭和花卷，覺得那真是個小孩不操心，天地有力氣的時代。

冬天的梅花

有那麼一年的冬天，天氣變得很冷，要知道我從前是生活在南方，這裡的冬天幾乎不會下雪。

那時候，十歲的我穿得厚厚的走在放學回家的路上，天空偶爾飄來幾點小雪花。這就是我們這個地方冬天寒冷的極限了。

還是天氣暖和時好玩。夏天的放學路上，都會是呼朋引伴，連學校每日布置的作業，也都是一群群小孩兒趴在石塊或混凝土板上嘰嘰喳喳地完成。現在想起來，和一群忽而聚散飛來飛去的麻雀，沒有什麼兩樣。是的，小男孩們就是會這樣，邋邋遢遢無所謂，一心貪玩個沒夠。

但這是嚴寒的冬天，這讓人無心玩耍，四周都變得濕漉漉的，公路旁邊的稻田裡還有薄薄的一層冰。這在南方是令人新奇的東西，不是每年冬天都會出現的。我掰起一大塊薄冰，像一個裝玻璃的師傅一樣小心翼翼，把玻璃從窗戶上取下來。這是我從大自然的季節裡取得的財產，並且水窪裡還有很多，所以我也可以任性地摔碎他們，獲取平時裡得不到的一種來自於破壞的快樂。

除了冰玻璃外，路旁田埂上幾株自然生長出的梅花引起了我的注意。那些梅樹小小的，枝頭星星點點掛起了花朵。梅樹冷清的形態，也許引起了十歲上下的自己在那個年紀稀裡糊塗的極大審美認同，所以沒來由的，我決定選一棵拔下來帶回家去種。我不知道這樣的行為是因為梅花本身，還是對一種意境的嚮往。這種對美的關注，欣賞與實際行動，其實在成年之後的自己回想起來，也是相當令人費解的。

別看梅樹雖然幼小，但同樣幼小的我卻根本拔它不出來，梅樹的根在土地裡扎得很深，我在毀掉了幾棵梅樹後終於放棄了。看到那些零散落在冰膜上的花瓣，印象裡覺得自己成為了一個在敗壞美好事物的人。

天更加陰沉了，冬天裡黃昏細細的雨夾雪落了下來，我像個一本正經的勞動者，又像個無所事事的鄉間浪蕩子。悻悻然離開了那狼藉一片的現場。一個小孩兒沉默地來了，又在勞動後沉默地離開，這徒勞的身影和一個下班的中年人沒有什麼分別。

多少年了，這一幕場景還留存在我頭腦中。一想起來，似乎鉛灰色的天空又在紛紛揚揚地下著閃亮微光的碎屑。

大自然的細節教育

記得兒時望遠山，山上有大樹，樹下有農舍，就像一個舞臺布景一樣，也不曉得是真是假，總之現在一定是沒有了。以前沿著大鐵水管子走，夏天裡冰涼的，金龜子時不時飛來，瓢蟲叮在手上，到了吃槐花的季節，它們柔順地垂下來，白白軟軟。

大自然的細節教育我們記得和欣賞美。柔軟如水草的人們，無根如萍的人們，不試圖改變什麼的人們，被祝福包圍的人們。

往往一年裡難得有幾日完全屬於自己。

樹生長了不能回頭

不管怎樣過，都會過一生，不同在於是自己消磨過，還是身不由己。小時候睡在戶外星空下，眼怎麼也看不透蒼穹，星星看久了就顫動起來，經常移位，突然會跑遠去。這時候會感覺世界的無常，會想到時間的無限，會想到這現實的一生終有盡頭，而宇宙無邊無際，想到人在天地之間的渺小與存在。我珍惜這人在少年時才會有的純粹感受。好像自己忙於事務已丟失這樣的感受多年，丟失掉了感受風、感受溫度、雨水、感受日出與日落的壯觀、感受草地與細小事物的存在的直覺能力。也沒有了與小孩交談的能力。這樣的改變，都發生在這同一個身體上。因為時間，會把新鮮的東西變舊，也許每一個舊的事物都應

江湖兒女

在幾十年前，每到夏日就會看見四處有無數的昆蟲，比如在夜晚圍牆邊的路燈下，就有圍繞著燈光的數不清的蚊子和飛蛾，有時會看見相當大的蛾子，像一塊在飛舞的灰布。燈光照著的地面上會有閃亮的甲蟲和有著強健前肢的螻蛄，還有碧綠的各類蚱蜢，肥胖的紡織娘和跳竄的蟋蟀。蟲子們都是一直很忙的樣子。這些童年夏天的朋友們，我早就忘記了牠們各自具體的名字，不知不覺牠們也悄無聲息消失不見了。現在就算在歌樂山裡夏夜的路燈下，也再沒有從前那麼熱鬧的昆蟲聚會場景。天牛偶爾會看見，仍然在被捉後不停吱呀作響。雄健的獨角仙已很多年沒有見過了，青青的草蛉柔軟，也還記得牠們身上獨特

荒廢了的園子

這園子我買來有十餘年了，從最初平整的一塊荒地，到開始裝修屋子時設計它的美好樣子；再到一年一年自然生長，終於被輪迴的四季塑造成了它應該有的樣子——一座荒園。每一年春夏生長出來不同的植物，蚊子和蟲子倒是不變的。還有各式各樣的蜘蛛：有紅色的細小蜘蛛，有黑灰的大蜘蛛，也有花腿花身的長蜘蛛。總的說來，這樣的園子也還自然而然，並不讓人討厭，因為它本身也只是一個極小的園子，我只是時時驚異於這個小園子裡面植物的多樣性。在它周邊也有別家的大大小小園子，也大都荒廢著無人打理。周邊高大的樹木遮住了射過來的陽光，所以小園子裡沒有太大的樹長起來。以前有一窩竹子，因為太過茂盛，便叫人挖了去。不經意間在原來竹子生長的地方又生長出兩株樹來，都是極易生長的平常樹種。

踩在園子裡，鬆軟的地面是層積的腐葉。從前還想著在小園子裡打一口水井的。我已經很久沒有看見小園子從前的地面了，那裡曾經有一條用卵石鋪就的環形小路，也被草不知在哪一年給吃掉了。

園子的主人雖然讓它成了一座荒園，但它每一個階段的樣子卻都記得的。那地面上鋪了一層一層的每年的落葉，各式各樣的草本植物剪了又長。人的精力完全沒有辦法時刻去對付遇上雨水就生長的草籽們。

我曾經也夢想的一種井井有條的生活，有一個秩序井然的花園。而到了如今，我時不時回到這個地方看望我造就的小園子，像一匹小野獸一樣在自然生長，直到如今的模樣。

關於這個小園子的一些事情，平時也記不起來。比如某年夏天園子裡發出的一株南瓜苗，後來開了粉粉的黃花，結了好幾個碩大的果實。又比如從前，我一時興起買來小果樹苗種下，不知何時也了無蹤影，根本沒有生長起來，當初對於果實的幻想也不了了之。還有我曾種下的鬱金香和曼珠沙華的球莖，每一年在幾場春雨後冷不丁地會看見它們冒起來的綠芽，也許當它們開花時我根本就錯過了。這個園子曾經生長的植物們就像一本書裡的一頁一頁故事一樣，有來由的來，又悄無聲息的離開了。牽牛花、魚腥草、大蔥、還有一些不知名的野花，都曾經留存在我對於夏天茂盛的記憶裡，而又在冬天裡看見一個光禿禿的園子而已。

這小園子的一切細節雜亂構成了它整體的形象：雜草、小樹、灌木、蜘蛛、蚊子、各類蟲子、歡叫的紡織娘、跳躍的蟋蟀、苔蘚、還有應季出現的花朵、腐爛的葉子、倒伏的枝、落雨天裡紛紛出來的蝸牛……。那地面的腐葉下還有一條被埋住的澆水的軟管，像蛇一樣僵硬潛伏在從前的下面。所有的這裡的居民各自帶有各自的細節，構成了小園子自己的歷史。既每一年都是這樣的雜亂生機，又每一年各有各的不同。就像一個人在生活中一模一樣，生長的同時又在衰敗。這就是我曾經建設和懷揣願望的祕密花園，最終又放棄交給大自然去打理。它那些隱蔽的細節如人的內心，只有當人去看望它時才得以打開發現出

雨水

天空收回雨水，河在倒流，那些你經過的碎片閃著光亮，而你只是看著。每年總有季節水缸會注滿雨水，植物生長，照耀太陽。小孩的時間悠長，大人在做食數錢。

雨點劈啪打在屋頂上，這麼多年了，該出現的聲音仍然出現，比如狂風，比如火車，比如江上輪船和雨水。

乘涼夏夜

有很多年了，越來越少見到會在夏夜裡紛紛到戶外乘涼的人們了，自己再也沒有像兒時那樣，躺在月光下搖一把蒲扇。如今大家都住進高樓裡，好久沒有看見乘涼的場景了。人們都在夏天裡用空調，高樓裡也再沒有從前那樣的街坊四鄰。

在夏天晚上乘涼，看見的人都是些黑影子，四處晃動的，和一動不動的。往地上潑一些水，熱氣漸散同時聞到了土地的味道，然後點上些蚊香。那時候照亮人臉的是一些帶著手電筒去射夜空的孩子，不像現在，照亮人臉的全是看手機的人。人躺在躺椅上久了，夜露會起來。天上星星看得久了，就會顫抖起

地衣

第一次聽到「地衣」這個詞兒應該是父母告訴我的。地怎麼會穿衣服呢？當時的我一定覺得很奇怪。

棕黑顏色的地衣，打濕了雨水變得晶瑩膨脹，連成一小片一小片像木耳一樣趴在地上。剛開始認識地衣的時候，看到它們胖胖的樣子，就試著拿一小塊擦拭乾淨送進嘴裡，結果除了像原野一樣空曠的味道之外，毫無滋味。野地裡總是不斷有倒伏生長在地面上的紅色小果子，還有一些當地農民種的蠶豆和豌豆，那豌豆莢長出來之前開出粉紫色的花。它們就種在連綿起伏身軀一樣的山崗上。霧氣沉重的黃昏或清晨，在迷濛之中遠遠依稀聽見嗩吶吹鼓聲，那是送葬的隊伍在撒著紙錢行進。無數野草叢下的地衣就趴伏在潮濕的地面上，人間的燈紛紛亮了起來。

從前我就生活在蝸殼一樣的世界裡，看觸手可及的事物，看天地間我的小夥伴，看雨水浸透後的地衣。從前的時間在記憶裡也如遠山一般連綿在一起，它們不再是某一天一月的具體概念，而是整體的冬夏晨昏，是感知片斷中的白天和黑夜，實在而又猶如前世，就像我們後來進行的生活中一切的無用之物一樣。

一把砍柴刀

又一次的打理園子，園子裡已被樹和草雜亂的占滿了，還有無數的在樹枝上纏繞的藤蔓。我買了一把來自重慶龍水的砍柴刀，它是手工打製的，黑乎乎的粗糙厚重，像是地裡長出來的一樣，這是我第一次用這種刀。

我單手拎著這利器，園子被劈開了，砍掉了好幾棵樹，樹連著藤蔓倒下來時，天光照進了園子的地面，這是無數次清理中的一次。這一次發生在這個冬天最冷的時候。

很快，一個蜘蛛巢穴般的園子就變成了相對平整的一塊地面，很多隱祕的石塊露了出來，也許接下來一年的春夏來到時，由於陽光可以直接照耀進來，野草和樹會生長得更猛更快。那個時候我將又一次拎著我沉重的刀。

是我太懶了，還是時間過得太快了，還是光顧這個園子來的太少了，總之，這個園子就像鐘錶的輪盤，我走啊走啊，總是會回到這裡，停留在曾經熟悉的某一點上，總是一直在這個迴圈裡或緩或疾地行走著。

這把沉重的刀帶給了我在小時候關於身體的安全感，有些記憶復活了。刀彷彿是手臂的延長部分，使得很多問題也因為有了合適而趁手的工具而不再是問題，我已經很久沒有把相信某種力量放在一件器物上的感覺了。我小心翼翼地害怕傷著自己的手，像是拉著一條兇猛黑狗的牽繩提防它的反咬。在這個無人知曉的園子裡，我成了一個小世界裡路過的伐木者，這把刀更應該屬於十幾歲年紀少年的我，而不是現在的我。天空雲在走，我離從前的我很久遠了，人行動在這個世界上就應該有一支槍或者一把趁手的刀，它可以讓一個人依賴上它，也可以毀滅一個人。

章節三

藍灰色的眼淚

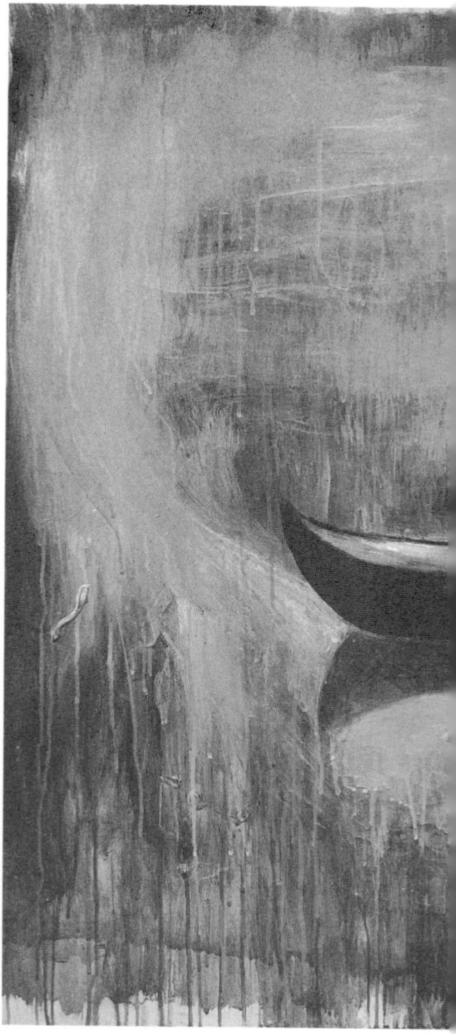

望雲思親

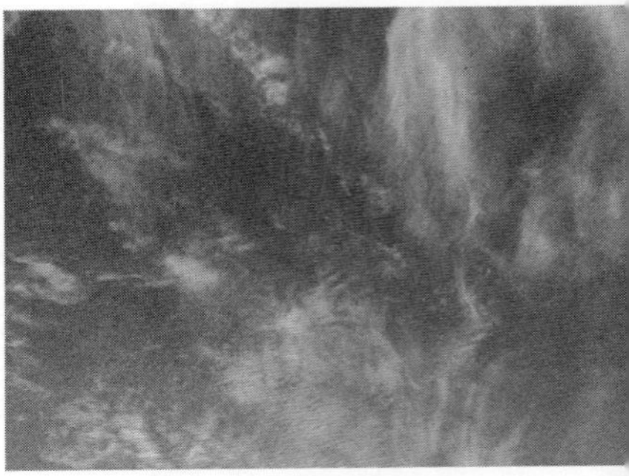

每次聽見雞叫就會想起從前隨父母去成都過年的冬天，夜半會有公雞叫和犬吠，而我趴在溫暖的狗皮毯子上，而今這一切早已不存。

今年天冷，院裡兩個魚缸凍住，一個大陶的，一個石頭的，冰化時魚又浮出水面了。但工作室植物無端死了不少，應也是凍的。

望雲思親。恍恍惚惚中一根白線穿在萬里晴空。

又想起爸爸，年輕時愛誇誇其談的爸爸。一個人的幾十年如此的快，回望時也無非幾個畫面，幾個階段。過日子而已，人聚散而去。而我更多時間就是一個人悶著，幹活或是一個人悶著。也是清靜。

在時間慢慢流走的清靜中，我爸爸在單調緩慢過他的日子，小孩子也在獨自成長，所謂兩頭不顧，好像和他們的交集太少了。

生活總有變化的，一個人的記憶和習慣，一個人未知未來的時間裡的改變和將要形成的習慣，就看著肉身能否足夠頑強抵過這時間和習慣的沖刷，但也終有衰敗的一天。爸爸仍是愛誇誇其談，只是精力益發不濟。認識到位一個人其實不易，每個人有自己的個性，這個也是沒有辦法難以變化的事情。好在到他五十歲往上，他的雙流老家才徹底漸漸建設得面目全非。

這世界是由人見證的，人是最大的創造力量，人也是最大的毀滅力量。人很聰明，同時又常常是一葉障目的愚笨。

無念想無妄想，只見眼前飯食才是本分樣子。去過一種動物般的生活。

老相冊

帶父母來了水藍郡。媽媽怕是有四年沒有來看了。大家看了下亂亂的屋子，找了個地方清理出來，燒開水喝了點茶。爸爸因為這次生病，明顯又更老態，短短幾年他真成了一個老頭了。不知下一次來看這個房子又該是多久以後。這個曾經暫時居住過的地方，也是從前對生活抱有願望想去建設的居所。我順手拿了幾本老相冊給他們看，大家隨手翻看了一會兒，指點評說了些人些事。面對時間，人自然就過了，這些無力感是相同的。

他們來看看與他們相關的老地方，我還是很高興的，因為幾乎沒有太多人是我過去生活的見證者了。

當那扇門關閉時

我不記得爺爺奶奶的大概樣子了，他們叫什麼名字也不記得了，只知道他們的稱謂就是爺爺奶奶。他們在八〇年代差不多時間過世，去世時年紀不算大。現在爸爸的年紀比他們大多了。當爺爺奶奶相繼去世，爸爸的一扇門就永遠關閉了，自此在人世他的角色就是我爸爸的樣子，無人再見證他的童年。相信當那扇門關閉時，他只能在自己內心一個人回溯從前。這些事情，不管怎樣，還是發生得早了些。一個人活在人間的路途上，角色因為視角不同而變換並漸漸固定。他就是我爸爸的樣子，只有在夢中找不到回家的路途時，才回到心底裡那個童年，才回到他自己的家裡去。這是普通人發生的普通事情，一個人來到

那些時間的沙

一、從一種氣味開始

今年夏天裡洗刷石頭獅子，一股下雨天的氣息沖了出來，讓我想起從前雷雨將至時，先行打在砂岩上的雨滴發散出的味道。那個時候我們家住的房子是用一些方正的石塊建造的，房子的周圍有鬆軟的土。夏天下雨，潮濕的熱氣蒸騰，人就會聞到這強烈的夏天的氣味。然後風來了吹走這些彌散的熱氣，風在路途中時而是熱風，時而是涼風。人就舒服地在屋子裡睡著了。天上雲舒雲卷，在一個適當的時候，會讓我發現這些氣流吹越了幾十年，仍是從前我認識的一般。吹動了點頭的草和微擺的樹，帶著一些氣味，泥巴的氣味、池塘的氣味、更遠山裡松樹林的氣味。

這個世界還算是新鮮的，四季雖已輪迴多次，但那些氣味、聲音、溫度以及不同的陽光都讓人感覺是故人歸來。無論如何珍惜四季和自己，都會一天天走過來到一個老山河，而河山本在此，又何曾老去。就如同這從過去吹來的風，流轉又向不知去處的未來。

一個人將會有什麼樣的未來，時間的階梯會停止在人爬不動的地方。過去如那些半截埋在荒野土地裡的巨大石像和石獸一樣，遲早會被更加龐大的事物所籠罩，這些靜不作聲的人世間的風景。虛無虛妄的世事裡都有一個個實實在在的自我，都有積聚而成的習慣與離散造就的消失。那些時間的沙。

二、我夢到爸爸哭了

於是我夢到爸爸哭了，很短暫很隱蔽地，但其實我從小到大從未見到過他流淚。

爸爸現在越來越像一個老農民了，他的頭髮皮膚都到了晚年，著他的神情氣息變得單純又倔強。總是可以看到他蹲在地上，蹲很深的顯示出他老年的瘦。

在我小時候，爸爸是很臭美的，每天早上起床後都面對鏡子幅度很大地揮舞雙臂去弄自己的頭髮，晨光照在白牆上，他的影子像一個正在出擊的拳擊手。爸爸愛說話，總是有機會就誇誇其談。那些遙遠的生活點滴，如果沒有被喚醒是記不起來了。

我是這家人的兒子，我是我爸唯一的孩子。我天經地義來到父母身邊，一天一天長大並且觀看，直到這個世界不再新鮮，直到我變成和爸媽一樣的，進化為另一個世界的人。

我和爸爸很少交流，他就是一個爸爸的樣子，就如同我也就是一個兒子的樣子，這樣過了十幾二十年，然後見面越來越少了，不再是天天都待在一起。他看我長大到中年，我看他變老。所以我夢到的他的流淚其實是他現在的樣子，一個老人偶爾的安靜哭泣，還是出現在睡夢裡。

沒有關係的，被自己兒子看到的流淚，尤其是作為沒有見過的一幕，這樣的哭是值得出現的一種想像。這也是水到渠成的事情。

三、兒子的言語

從前我家有米缸，米缸裡有米蟲，廚房裡有列隊的螞蟻，牆上有裂縫被掏空了一個小洞，初冬的陽光從玻璃窗戶移到這個小洞口，我總是想像著裡面住著一個穴居小人。在小孩子眼裡很多事物都是深邃的，萬物有靈，且各自都有一個家，都有各自的來處與去處。現在我有了一個兒子，三歲多了，他總是在我出門的時候說：「你記得要回來呀。」跟我一起回家時他會對我說：「你去我們家吧。」在每一個他生長的階段，我都會聽到一些這樣認認真真的言語。他讓我想起了自己一些被漫長現實遮罩掉的童年感受，那些許許多多丟失的細節，對應著如今我所感受到的人世無常的年紀，這時常讓人迷茫。

人是緩慢被塑造和變化的。從一個嬰兒到成為一個老人，到無力於這個繼續進行中的世界，然後放手回到軀殼內。一餐一宿，日復一日。時間帶來的轉變，只是不適應罷了。新鮮的世界是好的，度過悠長時間也是好的，黑夜來臨，陽光照在土上，天荒地老，新苗照舊。

人老了喜歡軟軟的食物

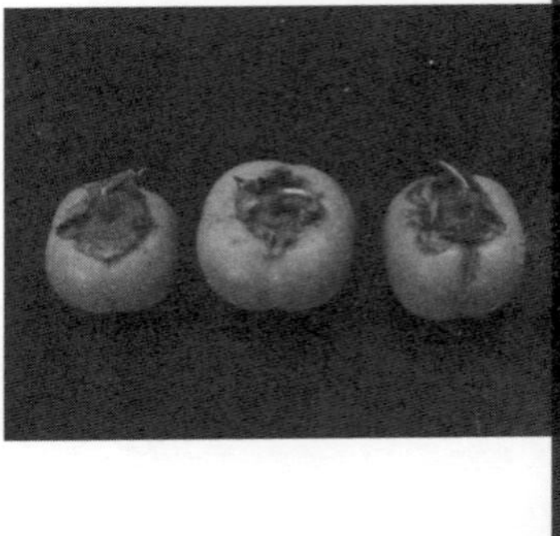

除了情感其實人世間並無太多可留意的，當然，還有靜不作聲的大自然風景。

水蘭郡可以聽見火車聲，以前胭脂路也可以，在重慶黃街時也是，小時候在江津，火車聲可以傳很遠，住在磷肥廠時聲音很大，在前進廠安靜的夜裡也能聽見。每次聽見悠遠的聲音，便想人們來去何方。

雨水是從前的雨，穿堂的風從這頭吹到那頭，未來的雲朵也和今天的一樣，生活中許多矛盾的事；這是現在進行的時間，這是人生進行到中途的時間。

小時候集郵，時不時撫摸郵票，看那些小紙片上的圖像，從而對四五〇年代、六七〇年代的審美有著認識了。小時候上學，生活規律漸成習慣，不知從什麼時候，開始變得野了。小時候爸爸與朋友常徹夜聊天，有時在門口院子裡，有時在屋子裡，很小的屋子，菸茶不斷，如今這些人都散了很久了，都老了。那個應是爸爸最好的時候，對各類事物最有興趣與行動力的時候吧。

不論如何，這些都是一個世界的起源。那個時候我是一個兒童。有的事情是無可奈何的，成長迅速，衰老迅速，世事變幻迅速，連山都會被劈開，湖都會被填沒，景觀任由時代的人改變，本來沒有什麼不朽。小時候的家是一個世界起源的泉眼，猶如每一個小動物都有牠最初的巢穴。

就像我以後也許看見午餐肉就會想到父親一樣。人老了，喜歡軟軟的食物。

世界本就是局限的，走過千山萬水世界仍是在同一個軀體內，無聊也好，忙亂也好，日復一日由每一個晨昏來打發著每一個人。禁受得住時間的佛窟，是人們寄託永恆念想的道場。

外公

最近看到一個詞兒叫「藝術家遺產」。藝術家遺產應該包括一個藝術家所創作的作品，或者是他的收藏，或者他的所有的手稿文獻和一些物品資訊。總之應該拉拉雜雜的龐雜，如果這個藝術家越來越重要，所有資訊就會越來越清晰。每個人都會有自己的遺產，當然也有很多人沒有留下什麼具體的東西，兩手空空，在從前年代也是正常。這樣也很不錯的。

比如說我的外公，或者我的爺爺奶奶，他們就沒有留下什麼遺產。他們都早就去世，已消失多年。我外公出獄的時候是在上個世紀八〇年代，他留下的遺產在我所知道的，就是幾本裝幀講究的手工厚書，書是由很多本薄薄的雜誌裝幀而成的，那是外公漫長囚禁生涯用以打發時間的工作。可能在我十歲的時候，外公和我待了一小陣兒，他到我家去住了一段時間，可能有一個月吧。平時就坐在我家門口壩子的籐椅中晒太陽，看書。他被關了三十多年，幾次差點死在獄中，但最終他被平反冤案，出獄後在重慶生活了十年，九〇年代初他過世了，埋在重慶的南山上，也有近三十年了。我外婆也快活到一百歲了。

在我家的那段時間他經常被我帶著漫山遍野的跑。比如說我去溝裡抓螃蟹，或者山坡上捉蝴蝶，他也跟著我，看著我。從一個小山崗到另一個小山崗，然後領著我回家吃飯。突然間我很想念這個可憐的人，但為什麼在我的記憶裡的他一直都是不寒磣的，也不那麼可憐，而是滿滿的一副平平靜靜的書卷氣。外公好像一直穿著一身淺藍色的中山裝，有時還會戴上袖套，乾乾淨淨的。

有很多時候，自己會一瞬感知到一些兒時的細節，彷彿和當年那個小孩相隔不遠，就像隔一條大河。雖然不遠，但波濤陣陣，對岸迷離，也無船可渡。一些在生活裡離開了的人，時不時自己還會想一想。想到一些細節，彷彿他們比我自己的過去更加面目清晰和真實。生長、衰敗、人世間的種種故事和迴圈，

〈夏〉

午夜時分的傾盆雨
是不是最熱最酷的時候已經過去
這一眼望穿　一箭之遙的
四季又是翻滾著
每一個相似的星座
平淡的每一天　一個星期　一個月
總之早安
滲進土裡的雨水和濕了的枯草

早安　一身黑衣的夜行者
早安　早起的人

〈到達〉

蚌殼之外即是炎炎夏日
樹木顯示出應有的褪色之綠
合眼就進入了一個房間
我父母家裡衣櫃裡散發出樟木氣味
我到達時可以溫情從容地盯著流水
看見水中一粒粒的沙
暮色已偏藍
水流和風不會斷開
只有衰竭

〈禮物〉

在山谷裡撿起寶石
在野地裡採摘果子
這些都是世間的禮物
我擦一擦放在兜裡

章節四

土灰色的住所

這樣的顏色叫做灰

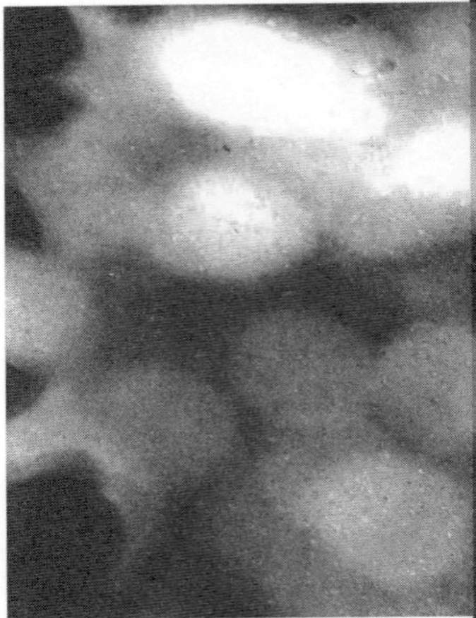

那天在校園裡偶見一個徹底的無所事事的人，和校園裡那幾隻白貓一樣，他似乎也總是在那兒守候著那些貓。人總是在漸漸成年後要做些什麼，為了謀生，為了發展，為了一種自己也不知道的慣性，或是為了虛無的野心，想要做些事情出來。然後，然後也許會累，也許會亂，也許會興奮，但那也是一時的。是的，有的人就是會像植物一樣活著，只是幼時活潑一點，然後就繼續生長，接受每日的陽光和雨，守著自己的日子，直到從這個世界上消失的那一天到來。

這也讓我想起過去八〇年代的廠子裡總會有一些人，包括我在上大學時那個「老頭」（其實並不老）房東，一日三餐，幹一點活，日子就如同天亮了天又暗了一樣，只剩下變化的光線在靜物的房間裡移動，於是一天便過。人生既長又短，對於時間的抵抗與享用，都是平等的一視同仁，該過即過。

也許這樣的顏色就叫做灰，和冬天的梧桐，宿舍樓邊抽空種植的草地一樣，日本人有日本人的活法，美國人有美國人的活法，這個徹底無所事事的人的狀態讓我想起了從小感受到的中國人的一種活法。這並不是消極壓抑，也許有，但我並不知道。我倒是覺得這是一種活了很久，又重新以幼兒的眼光來打量自己周遭的小小環境，以幼兒的心來對待每日時間的度過。當人知道自己力量有限時，就會更自由於天地之間了，古人如此，一些文學的源頭也是如此。人們之所以無聊，之所以無趣，之所以心有妄想，勞累激動，還是因為沒有遇見災禍，戰亂時的獸性離散，和平時的疾病痛苦。當要求的線降低時，人便開始記得和習慣生存之必需，從而獲得一些幸福。

曇華林的老美院。那些樹枝乾枯落下了又會生長，老武昌的城牆就在院內，就在不遠處。

西安

這次深夜到達西安，入住的酒店安排正好是二樓，走在去房間的通道裡不斷看到 2001，2002，2003…… 2011，2012，2013…… 在每一個房間的門牌上，就像是路過過去和走在看得見的未來，深夜的靜謐裡本能想起經過了的這一年年，這些曾經熟悉的數字。

北京

人生故事，幾多勞累幾多空洞。畫畫創作，有時是因為充實，有時是因為無聊，這些也是應該年輕時做的事，人越老，越無處安放自己。每一個節日都可以成為一個紀念日，不知道到如今一年之間為何節日如此多，人們不斷的在製造節日，再加上生日什麼的，讓每一天都有個說頭。

四季仍然是分明的，現在春要如期而至，看這人間恩怨情仇。

在北京過小牢籠似的日子，哪也不想去，吃點東西，看電視，畫一下畫，以前也是這樣。所以說自己不知從什麼時候，已經窮途末路了。也是到這年齡了，只想自己能好過一點。終是害怕竹籃打水一場空。看來認認真真過日子很重要，這樣就不會被騙，不會被忽悠。

希望一切可以重新開始。

在北京待一下挺好的，雖然沒有出門，冬天北方屋內有暖氣，在武漢成天幾個地方開車跑，每天路上都要用上一兩個小時。在北京小屋裡一天很快就過了，日子簡單得很，有些無聊，但日子就是這樣。

這一次離開不知道又什麼時候再來了，一年能用上一個月就不錯了。

好像這是我一個人的純粹之家，像單身宿舍一樣單純，一天門都不出，點外賣足也。

看北方很清亮的日光照著，然後天很快又暗下去。這樣生活在這個小牢房，也很有意思，更不要說看電視（除了在北京，近些年我幾乎就沒有看電視的經驗），還可以畫下畫，大部分的繪畫材料這裡都有。

這裡就像我的自囚之地，是可以保持從前年輕心性的地方，除了點的外賣送上門，基本上沒有人會理會我，不會有人敲門。冬天有暖氣、有無線網、有外賣、有水有電，一應俱全。關鍵是還可以寫東西、畫畫，工作一點不影響，可以看電視、看碟子，和從前日子一樣。

這裡住的大部分都是些年輕人，幾乎記不住面孔，也許租住的多吧。

武漢

回到武漢，便又是幾個地方跑，沒一個地方是舒心的，事情太多耗費人啊。我習慣了這樣的家嗎？我從前的家是怎樣的，我是如何過來的，好像都忘記了。現在的小孩子對家又有怎樣的記憶呢？

擁有什麼和失去什麼都是相同的感覺，人只有一個肉身和一副腦筋。人是過不安穩的，尤其是不在人群之中的時候。所以說我對父親的三四十歲很好奇，他應該也是過得幸福的，我是個流離失所、空虛的人。

我應在北方多待一段時間，看看寒冷的日落、蕭瑟的樹林。但與此同時，小孩在一天一天長大，老人在一天一天衰老，天南地北，天涯共此時。

生活的目的、意義是什麼？我沒有足夠的智慧與精力去對付，只有順流而下，很多人與我的處境是差不多的，有更多的人還沒有我這樣的自由度。我們都各自囚在生活的牢籠裡，所以沒有交流，生活使然，命運造就。

每次去北京坐飛機得花上幾個小時，開車要兩天以上。生命中有的人就像走夜路一樣，消散掉再也尋不著，以至於像一場迷夢。如果不是消息傳來，幾乎忘了一個人，一個姓名也有徹底消失在這個世界上的那一天。世界人太多，認識的人不多，道理太多，終究還是溫飽管用。

一個人如何喚起自己去熱愛生活，實在是一件需要碰運氣的難事。跑這麼遠的地方來找個清淨，其實平時也很清淨。有很長時間沒有熱火朝天幹事情的感覺了。事實上也是很長時間沒有集中所有力量去畫什麼了。一點一滴自然流出來的都是碎片。

這次待的時間太短了，今年就要過去。好像年年都是一樣的過，我也是兒子眼中的大人了。

記得小時大人教煮麵條，看麵條在沸水裡翻滾，從前的廚房也不在了，保留過去歲月的場景，不至於一無所有，徒勞消耗頭腦中不斷閃回的感受。

有時會有送別的記憶，人生路漫漫，也到了今天，有永別、惜別、不經意的離別。

從前如何早已忘了記不真切，不知是世界變化太大，還是自身變化太大。每個人有每個人過生活的滋味，我也不知道重新過一次會是什麼樣子。

其實，武漢我經過的地方是極少的。尤其是近些年，基本上是無聊的開車長途，從一個點到另一個點而已。一想起自己小時候，想起父母，想起小孩，心裡總是傷感的。因為我們都沒有時間了，我們都窮途末路了。

不遠處就是涼涼的夜霧，低沉於田野裡，這裡是初春的夜的田野，積聚的霧和露水，火車飛駛穿越，一排豆子似的燈的長龍，筆直不管不顧地奔走黑夜裡去了。不知何方傳來鳥的驚叫，在曠野的劇場。霧像徘徊的鬼，千百年來都是相同的時間來這裡散步。

天各一方，故人不再。老的只會更老，那些叔叔阿姨，不知覺間也許很多已不在人世。

我經過了很多地方，每個地方都有可能生根下來。但事實是我只能落腳在現在的這個地方。漸漸與從前斷裂。熟悉的漸漸生疏，陌生的也再沒什麼機會熟悉起來。虛無虛妄的人生安排，也不知未來會停留在何處。有時候，連可以去細想懷念的一個人都沒有了。

這個世界可以有多粗鄙，也可以有多溫馨。

江津

江津的長江冬季江水平緩，江面露出些巨大的石塊背脊，幾十年過去了，兩岸變化很大而江水不變。偶然尋到德感渡口，現在早已廢棄，上一次應該是初三高中時坐輪渡過，已近三十年了。從前在李市上學，便在渡口坐船，搭*簸簸車回廠。再之前坐輪渡則由母親帶我，那時江津城也是另一個景象，還有很多民國時期的石板路。其實自己也未熟悉過，一點片段場景記憶，而今不再有。

人世奔徙而已。童年有水為伴的記憶便是不錯，就像父親記憶裡就有成都的老城牆、門樓與土路。

每至江津，其實也無多大意思，每個人有自己的桃花源，命中註定你的桃源便在這個無什麼驚喜之處。一草一木仍是鄉情，這並非人為渲染，而是本地基因，看那地裡的菜都是當年模樣，天上的鳥也劃過漫長時間回來了一般。

任時間變化，總是代代有人來有人去，這天下無新事，時光把人拋。如植物一般生長自在，人不由自主的回憶恰如夜露發生，回到最初的隱祕之地。

現在生活已進另一種階段，回鄉即是只為探親，而我實在不願這麼狹窄，雖然我知道更多人的生活和工作條件較我更為狹窄。

我還是願意自然自由於天地間。逝者已逝，去者已去，沉睡的人繼續沉睡，一切都不能回頭，這些被生活拋出去的人，這些無數心動、心碎的內心回憶和念想。

人生就是一個大骰子。

磷肥廠已蕩然無存了，那一片的景觀也是，只有鐵路還在，長江還在，還有那一座石橋，從前媽媽每天上班走的路，多少個她上夜班時我陪她走過的路，記得那公路兩邊漆黑的魚塘如一面一面黑暗裡的鏡子。

媽媽的時光也蕩然無存了，幾十年把她變成了一個老人，雖然現在精神還好。從前她認識的那些人，也都同樣的老去，消失在我所不知道的生活中了。人要打發時光是容易的，人在生活裡當時的樣子。人被生活拋下時的樣子。

江月照人時，才發覺冬天的江面如此之窄，這上游的長江有時如此的清澈，幾江渡口，緩行的列車帶出沿途這麼多的地名，那個緩慢的年代。

所以我在兒時離開江津後幾乎有十年未回，因為交通不便，直至二〇〇〇年才自己去過一次，在荒地裡待了一晚，淩晨搭火車回渝，然後大睡一覺。再回去時已是赴漢工作多年，回去時變化已大，山劈開了修路，很多景觀變化了。到了這幾年，變化就更大了。寬路高樓，不復從前模樣。

＊巫溪人給手扶拖拉機取的綽號

李市

關於李市這個地方，我只待過兩年。那個時間段的兩年一去不返，雖然任何時間過去了都不可能重來，但我要說的是關於十三十四歲的事情。一個人長到十三四歲身體漸漸成熟，但還是一顆兒童的內心，所以關於那幾年的感知在記憶裡是一瞬即逝的。時不時很想倒帶再看一眼，偏偏那個時候的照片也特別少，那時認識的人也在這麼多年裡早就走散再沒有任何聯繫。很多年以後，數倍於當時那個年紀的我，有兩次專門返回這個小鎮去作短暫的懷舊。鎮子雖名叫李市，卻只是一個很小很土的鎮子。幾十年過去，想也是物是人非，路上依舊還是塵土飛揚，鎮子基本格局還在，人不知換過多少輪了，看到幾個街上的遊蕩少年，

與我當初一個年紀模樣，眼前的這個世界就是這些未知來去的人們的。少年們就像走在那條小水溝旁邊的青狗一樣，不引人注意，又自由自在。在那個年紀，許多成人世界概念都還沒形成，將大未大，出入總有夥伴。那是一種轉折的年紀，所以很多東西新鮮未定。那也是一個危險的年齡，我就是在那個時候摔斷了我的一顆牙齒。

每個人都有這樣的幾年，當事人一點也察覺不到。因為那個時候對於未來的時間沒有概念，也沒有歷史感，也沒有歲月已到以後對往事的回望。當這些個比較都沒有了的時候，那就像是我的史前時代，就像人類文明在沒有形成文字之前的歷史一樣，所以對此會常常懷有一種特殊的情感。總之，我在那麼兩年就新新鮮鮮在李市待著。多少有點像我父母那一輩人的上山下鄉，「知青」的時代。真不敢相信幾十年就這樣過去了，但凡去過的地方就會在頭腦裡留下印記，它會和未來將發生的場景攪混在一起，成為混雜的記憶，經常讓人記不清何時何地。活得懵懵懂懂也是一種自我相處的境界，讓人不要總想試圖去控制和營造什麼。不高也不低的作為一種靜物的生活，這沒有什麼不好。過小日子才是最好的生活，這樣連每一天的天氣都是自己的。

那兩年我開始聽齊秦和王傑，有那麼幾年他們特別的流行，都是一副浪蕩天涯不羈的樣子，連鄉場裡廣播站都在放王傑的歌，王傑的聲音高亢滄桑，伴著李市的黃昏晚霞向著一個一個丘陵蕩開去。當時家裡買給了我的第一個Walkman，那個時候這玩意兒還很新奇的。記得有一次我在黑夜的野地裡帶著耳機聽齊秦的歌，那是一個演唱會現場版的磁帶，在我的孤獨感正在上升時，突然聽見掌聲四起，讓我吃了一驚，環顧四周全是鄉村夜晚的黑，彷彿無數的讚賞者都潛藏在這些起起伏伏的田野裡一樣，在等著我聽到這首歌和經過這兒，這是我所經歷的最好的視聽體驗。

記得當年下雨天，李市街道上便是一路泥濘。現在的街面拓寬了許多，也不再那麼多灰和泥了，但仍是許多塵土積聚。每當趕集的時候，無數的人湧了出來在混亂局面裡喧鬧摩擦，人們腳下的泥攪拌在一起。街道兩邊有低矮的店鋪，我和夥伴經常進去喝肉湯，那是一個吃什麼東西都特別香的年齡。

另外還記得有一次在田野裡遇到幾個大哥哥在搞測繪，拿著圖紙扛著儀器。

地球村的租戶

地球村小區有一幢的一個車庫被人改裝後租出去了，租給一家人，這麼小的一個車庫住了一家人。還打了個大孔，可能用於通通氣吧。

白天他們架個晒衣服的架子在車庫門裡，路過的人可以看到車庫裡有張床，支了個桌子，興許裡面還有個簡單的灶臺。看得出他們生活的窘迫。

這家人有兩個孩子，大概七八歲的樣子。所有的家當都在目光所及的地方，也挺好的。當然人們對物質標準統一的時候，出現這樣的住戶，我反而覺得他們可以專心致志的生活。小孩子對於生活窘迫的態度是不同於大人的，他們只是知道玩耍，也只應該知道玩耍。

黑夜裡
池塘映著白雲
我想起了你

去年，我回了一次小時候住的地方，不知那裡算不算我的故鄉。

從前，我在一九八五年的山溝，有時下雨，水滿稻田，雨水從整塊的大青石滑下，匯入溪流。溪流裡有蝦，石塊下有密集的幼蟹。雨下得大了，小溪暴漲，水流自顧奔向遠處。而通過池塘、通過竹林、通過蘆葦灘，最遠處顏色淡淡的就是長江了。夏天裡槐花盛開，走在渠上，大口去吃那槐花，仔細看時，花裡面有許多細小的蟲子。天空很高，喊叫一聲，麻雀亂飛。我熟悉那小溪的每一個拐彎，往往不自覺地跟著它走向遠處，遠處是一個又一個的魚塘，有的是圓形，有的是方形。一路有胡豆、豌豆、牛皮菜，還有鋒芒的麥子和殷紅的野果子。

那時我不過十歲，未想到過未來會行進到今天，這中間天空下了多少次雨，風吹了又吹，自然到了物是人非的地步。每個人都有一條人生的路途，每個人都有一個出發的地方。我來到這裡，便知道了那些可愛的荒地不再，只有枯草偶爾出現如故人。無論是在荒地還是在城裡，那些野草都是一秋便走完了一世，只留種子。這種輪迴真是具體而實在地快，快得讓人健忘。就像現在，若不是在無聊中留心到幾隻偶然經過嚶嚶叫的蚊子，若不是將黑未黑的天空灑下的幾滴水珠，若不是穿堂的風忽然帶來了真切的冷意，我又如何能夠細察這些時時被自己忽略的存在。

現在四下裡都在建設，到處是工地、大馬路。溪流斷了，稻田成了這樣一大塊水泥，螃蟹絕種了，就是這幾十年的事情。從前的每一年裡，梧桐樹劈哩啪啦掉紫色帶粉的花，芭蕉樹幹裡裝滿了水，竹林一大片一大片的，走在裡面像走進一個個空暗的房間，在那裡一隻驚惶的大鳥撞進我懷裡。來到打穀場，我還看見過一大群的各種鳥在那裡聚餐。好些地變成了莊稼地，後來又變成了荒地。有時土地會被農民翻開，壘上石塊，另闢他用了。有的變成一條小路，通向一座小山坡，最高處是一株高大的黃桷樹，挑擔子的人路過會在那下面歇息，喝著隨身帶的茶水。翻過小坡，視野開闊得讓人想變成一隻鷂子，尖嘯著盤旋著向廣闊的空間俯身衝去，衝向著那未來的路。

金龜子可以飛很遠，尤其是在山坡另一邊的柑林中，這些大腹便便的浪蕩子們，享受著每一個夏天裡多汁的樹幹。天悶熱時，虎皮蜻蜓和紅蜻蜓如急飛的直升機掠過，讓人讚歎造物的精緻。用腳踏過草地，蚱蜢有力地四處跳起，有時跳起一隻碩大的蝗蟲，飛起時聲音巨大，翅膀舞得如一團煙火。那是一個多麼誠實絢麗的世界。

那些時候，每天有人挑著鐵桶子，裡面裝了鮮牛奶，用一個搪瓷杯子，以杯論賣；有時會有人扛一鐵炮來爆米花；小學校門口有一些土製零食，上班時間街上就沒有什麼人。等大喇叭一叫，工廠裡的人都出來齊奔食堂去了。單位的廣播聲音前後不一地迴蕩在小山谷裡。從我家的小坡望遠去，那座小山坡像一尊臥佛。

放學後，學校走廊一下子冷清了，教室總是明亮的，人都散去後，走廊就變得更寬大了。空空蕩蕩的房間裡彷彿同學們都在，只是在他們中的那個我隱身其中了。只有十歲的小孩不擔心自己無所事事，每一分鐘都在為自己而活，可以去看見細微的灰塵，可以感受同樣冷清的操場。離人世間的悲苦還很遙遠，沉靜的觀察讓所有細節慢慢不自主地放大。如果一個成年人閒逛，難免讓人覺得這是一個不得志的失意者。而一個十歲的男孩，在四下遊蕩則是天經地義。小孩子的鼻子、眼睛、嘴巴、手腳，都是那麼新鮮，而自己卻不自覺，不知道自己將涉足人生的長河，那將是每一秒都在向下流的水，不回頭地向更低處去了。小孩子們只知道在課堂裡單調地背誦著「黃河之水天上來」，然後很多的幻想夾雜著一些故事，頭腦裡面的混沌使得兒童黑黑的頭髮一直長出來，剪了又長出來。

我家下山坡的路上有一斜徑，樹木蔥鬱。裡面有幾個墳，墓碑都已風蝕，碑刻字跡潰漫不清，一碰石頭就掉皮掉渣。這裡多是這種紫紅砂岩，石頭久了就變成了土所以土也是紅色的。墓穴有些地方已塌，下面流出不知來源的一小股水流，不知去向地流去低處。辨認著墓碑上的字，所葬的應是清末民初的當地鄉紳，這裡曾經的主人。

從前雖然清貧簡單，但並不破敗。那時的青年人也雨打風吹去，只是印象裡很多人都曾經美好過。也許他們自己並不覺得，有些人早已夭折，有些人風光油亮，有些人守著家庭步入晚年。新的一代又一代也不斷生長著，同地裡面的菜一樣。

這一年又一年的又到了頭，冬天陰冷，有時豔陽天，樹木乾枯。現在我身處的院內安靜，少有經過的人，而外面街頭人又太多。過去像掉在地上的果凍一樣躲在一些灰塵角落裡，回憶每一個我的十年，在現在的畫室裡，不知道還有多少顏料和筆是十年前用的。黑夜裡池塘映著白雲，我一刀一刀削著鉛筆，想起了你，直到一排排筆尖刺一般如針鋒。

所有我經過的事物

天氣冷了起來，有些關於冬天的記憶自然就召喚回來了，比如說去年前年的冬天，比如說我小的時候的冬天。

從前我住的地方，附近有一座蛇山，蛇山在武昌小東門。蛇山下有好幾段錯落著的老鐵路，有的已停用了，有一段和武漢長江大橋連著的現在還每天在用。如果經過的是鐵道客車，在街頭就會看見火車車窗裡那些一張張往外望的臉，一晃而過。

我雖然在這裡待了十五六年了，卻從來沒有想著去走一下那段鐵路，於是我昨天去鐵軌上走了一走，它已經是廢棄的了，生鏽的鐵軌像金黃的蛇一樣，從不曾停止改變的鬧市直插到清靜無比的蛇山裡去，這段鐵軌就和待拆的無人居住的城中村一樣，古老、熟悉而無人問津。時至今日，小東門依舊在不斷地反覆開發和建設，有些的舊時景觀竟然還沒有被完全蕩去，就像前年冬天我去大同古城所見一般。這麼多年火車呼嘯而過，對應著山下馬路的熱鬧，蛇山一直是冷清的，在冬天才更加可以體會到的這種蕭瑟，我走上了冬天冷冷清清的蛇山。

這像是一座老人山。山上禁火，也沒有一個景點，少有平地，沒法放風箏，從喧鬧的街費力爬上來，這裡不過只是有一條小路和各類生長姿勢都很冷靜的樹。在這裡小孩子和年輕人是待不住的。踏行在蛇山，有一種面對生命和歷史的空洞洞的感覺。「人生不相見，動如參與商，今夕復何夕，共此燈燭光。」

我的生活裡再也沒有什麼隱祕之地了，沒有一個裝盛著自己舊時光而很久沒被開啟的盒子。我所有的一切我都很熟悉，包括過去待過的地方，如果有缺乏記憶的場景，那就是因為這個地方已經面目全非被摧毀了，只能由它在腦海裡漸漸變樣，漸漸被消磨殆盡。

這使得我難得再真正去回望一次自己。

也許我所有經過的生活就是這麼的貧乏，就像我是一個待在一覽無餘山洞裡過日子的人一樣。

所有的零零散散終究是散開了，而身體老去。有時候很想遇到一些許久未見的物品或者人（也許十年以上），想讓他（它）帶領我那一瞬間的驚奇和陌生，去打開關於真實從前的一扇門，看見從前的自己。但是要真正地回到一種情境當中，現實仍然是力量強大，如同每天日出日落，輪迴不息。那些來自一瞬間，一點點的陌生感是我所需要的，它們帶著從前的灰都落在了今天。所有的事物都是我經過的，一切我都很熟悉。

再上蛇山，已是數年後的昨天，總共我上去不過三次。第一次應該也離現在有十幾年了。那個時候小山坡頂上只有一條長而窄的土路，說它是山卻是連丘陵都不如，確實是只有一條小而狹長的土坡而已，上面還有一個炮臺，和一個廢廟。我這一次上去，一切看起來都修整得很好，土路也變成了瀝青路。一切都很規範、整潔。因為它連著首義園和黃鶴樓，這裡已變成了一座免費的市民公園了。和從前相比，山上的樹木沒有多大變化，仍是身處鬧市一副老成的樣子。這是冬天最冷的時候，遊人稀少，孤零零的一條羊腸小徑在蛇山的背脊上，讓人分明看出了歷史感來，只是它的蕭瑟伴著不遠處靜默龐大日夜奔流的長江，讓蛇山更像一座故園。

雖然離得近，我每日長途奔徙，卻少有心情停下來，去看一看這身邊的故園。蛇山於我所居住的地方而言，不過是抬一抬腿腳就可以走到的。蛇山下有很多我熟悉的街巷，也是多年沒有細細走過。先是二〇〇六年底買了汽車，之後便很少步行；再就是二〇一〇年後美院搬遷，老校區附近就更去得少了。但曾經我工作的地方，我租的畫室，我買的第一個房子，都是在這兒。「十年一覺揚州夢」，這分明近二十年了，卻還是「夢裡不知身是客」。

我慢慢走著，上了蛇山，又從蛇山那頭下來。經過遊人如織的黃鶴樓，通過那個古老的涵洞，走進了胭脂坪，這兒有從前經常打球的地方，過去冬天空曠安寧的球場現在已經變成一個停車場。從熟悉的幾路小巷子走回老美院、糧道街變化倒是不大，我彷彿又走到曾經的日子當中去了，一路上很想念從前我的肉身，只有這個才是最重要的。其他的什麼職業前程，都只是隨時間自然而然來到我面前的一個結果而已。但是分明太多的人和事，都再也回不去了，那是一種在熟悉的邊緣的遺忘。我仍然想能通過對某種事物的發現，去重新打開那扇門，然後可以緩步走進那些已經過得久遠時光的房間。

那些是我僅有的時光，也許發現的是幾張老照片、也許是一些舊時的文字、器物、生活用品，或者是一條街道、一座小山、一些枯樹。把它們從遺忘和走了樣的從前印象的邊緣又拉了回來，然後看看現在同樣走了樣的自己。我知道蛇山不遠處的長江不能倒流，我知道在江邊所遇到的每一滴流動的水都是新鮮的，同時江水亙古未變。

章節五

粉灰色的顏料

北方，如浪逆流直推過山海關去

這些年每當見到許久不見的熟人，會感受到一些以前感受不到的東西，比如驚惶。現實永遠不安，而人老去。

回到屋子裡休息，畫了四張素描。屋裡還有好多小框子。工作記錄了自我，時間就是這樣消耗掉的。去年冬天去了上海，一個人走在公園裡，一算來已是數年過去。

當過去已去，讓從前在夢裡如浪逆流，直向前推去，我在北方，直推過山海關去。

去年此時，又去平城大同，這次主要在老城轉，見一個大工地數人挖寶，有的洞還挺深，不見什麼有價值的器物殘片，反而見有許多骨頭渣子，也不知是不是人骨。開車漸漸一個城門洞一個城門洞地轉，也下車步行了很久，現在憶起那時，似有個同伴一般，諸事還有個人可以商議，但明明獨我一人啊。這是種奇怪的記憶，也是唯一的自我與自我結伴遊行的經歷，我的確可以依賴信任這位同伴，一個游離出我身體的旁觀者。當我駛出古城，這個同伴就消失了。

又是三個多月沒去北京了。

又是近四個月沒回重慶了。

應該多走動，多看看四季下的山川河流。

一遇有事，多跑幾個地方，便覺得無趣。但一人待在一個地方，聲音都消失了，也生氣俱無。現實總是拖累人，但人又是如這樣的現實所塑造的。交流往往是最無效的。世事本天成。

這一年又快到了頭，倒懸之城，倒流的河，倒置著時間去過日子。想起了交河故城。

不再幻想有一安居之地了，只有這肉身，這歲月累積的頭腦。只管邊走邊看，邊走邊幹。小豬拱地，小雞啄米，人在嚼穀，總是要看天吃飯的。

人生的河流，逢低便走，邊掘邊流，順勢而為，都是漂萍一般。那些記憶中的長輩叔伯，意氣的瞬間，也都順應了時間，世界以另外一種方式屬於了老年人。小孩子、青年人、中年人、老人，各自眼中的世界自是不一樣，這個彼此之間很難有體會，年長的會忘記當初的滋味，年少的只顧眼前快樂。

而我總屬於獨處的一屋，總有心安的時刻，現在覺得像繪畫這樣的勞動，也越來越不重要了。人生想法幾多虛妄，不如餓食渴飲來得順暢自然。

畫家本分

內心蒼涼無盡。

有的人有的事，不如沒有遇見過。

新的人新的事，生活重啟，而人老去。再過些年就五十了。

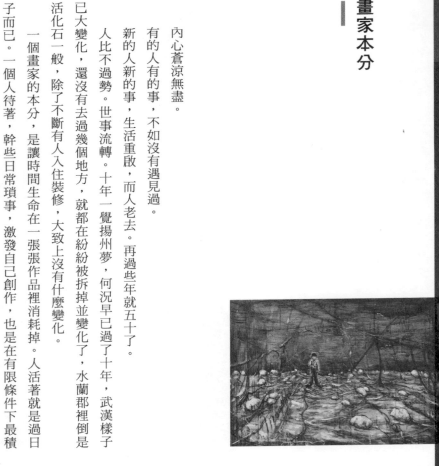

人比不過勢。世事流轉。十年一覺揚州夢，何況早已過了十年，武漢樣子已大變化，還沒有去過幾個地方，就都在紛紛被拆掉並變化了，水蘭郡裡倒是活化石一般，除了不斷有人入住裝修，大致上沒有什麼變化。

一個畫家的本分，是讓時間生命在一張張作品裡消耗掉。人活著就是過日子而已。一個人待著，幹些日常瑣事，激發自己創作，也是在有限條件下最積極的行動了。也是慣性，也是無法，反正都習慣了，這是本分。想剛來武漢時，一張作品可以賣三五千，代課一天三百，房價三四五千，人活著是創造也是消耗。

如今曇華林附近山上的老房子也終於拆完了。沒有人知道未來會怎樣，只知道它一定會來到。人間每個人的大戲，都會演到底。

畫畫是密室裡的工作，是一個人的事情。一個人生命裡許多時間就這樣變成一件件作品，任何工作都是在耗費時間生命，人總是要打發掉自己。很難說這樣好不好，命已如此。

行至中年，有個好一點的地方打發自己那是最好，否則就無家可歸。每個人很難有別人的立場，每個人精力只夠應付自己面對的生活。

人都是不自由的，創造力存在於傻傻的幹活中。只不過有時相信自己，有時不相信而已。群體經歷都差不太多，所以心懷各種失望失落，難有少年情懷。這豈不是人生之路越走越窄，從這一點來說，自我孤獨創造也是一種救贖。因為只要是人就有毛病，人總是容忍不了太多毛病的。

十年前是怎樣的？二十年前呢？那時候讀過的畫還歷歷在目，如同昨日，而繪畫中的「新生代」早已過去了。

只要健康不出大問題，人便可以*死磕，但這是命運的事。想生平從此便進入另一個人生了，這還是情況好的條件下。

一個人可以心懷有多少故事，多少祕密啊。過去全部蒸發了，沒有什麼驚喜。人生輸輸贏贏，走走停停，多少徒勞無功之事也不得不做。這就是人生邏輯。

莫妄想，不好收場，過日子，諸多虛實處。近來買這許多小框子，畫完這些得耗掉多少時光，人幹活如蟻搬沙，塑造些什麼樣的自我。今年不也似去年一般拷貝著過，生活沒有什麼驚喜也少有什麼懸崖。

最近幾年逐漸越來越多的外出看大風景，對自身歷史的記憶和感受，身處在遺物和遺跡的歷史現場，人往往會對比內心感知的當下處境，自然而然真切地會獲得一種來自文化根脈的慰籍。這樣的個體小歷史帶著具體人生際遇去感懷人生，站在這些偉大遺跡的面前便無來由地生出了宗教感，這樣的感受類似於面對山川的雄壯和磅礡的天空景色時，讓人產生的從何而來從何而去的疑惑。與這些龐大事物對比，個人小歷史類似於在無垠荒原上被踏出的一條細小狹長的路。人生起伏，終究指向一個終點，在其間對自己藝術的追尋無非就是像獨行的人手裡的一件自娛的樂器，這是關於人在天地間所需的表達與安慰，勞作與沉浮。繪畫如此，文字也是如此。

望山跑死馬，又想起一個人奔馳在山西的路上，也好玩也不好玩。

怪不得很多人放棄自己，指望小孩了。

---

*和某人或某事作對到底的意思。

露從今夜白

一、關於陶瓷

三年前的除夕，我在重慶一個朋友的工作室開始做陶瓷，那真不是一個好的時候，在沒有暖氣的作坊裡手經常接觸泥土與水，被凍得麻木沒有了知覺。每天深夜回家時，抬頭望望頭頂上那兩根冒著滾滾白煙的黃桷坪發電廠的大煙囪，心想它們俯看了我在此地的多少年啊，而我仍舊這樣晝伏夜出，像一株黑暗裡生長的植物。

接下來的日子裡，我建了一個小型的陶藝工坊，做了許多零碎的東西。有的時候覺得自己是個創造者，有的時候覺得自己是個不合格的工匠。有的時候，覺得東西們是自己慢慢走了出來，而自己不過是起身開了門，如迎接客人一樣等待它們的到來。

我喜歡上了它們，喜歡上了把片斷的靈感與感懷通過泥土與水、通過毛筆與刻刀，像個古代的人一樣迅速記錄下來，並在燒製的等待過程中去猜想結果。如果是冬日燒窯，那漸漸變暖的氛圍讓人想起小時候用手捧起一枚溫暖的雞蛋，感受至此，彷彿窯爐也是一具呼吸起伏的生命體了，不斷散發著熱量。當然，倘若夏天燒窯，電風扇吹著汗水流著，而旁邊一大熱爐子，也有一種時令不適的荒唐喜感。這些體驗都讓我在繪畫的工作之餘得到某種快樂，最終出爐的小東西們溫溫熱熱的，從易脆的土坯變為了堅硬的陶或瓷，等待與猜想於是告一段落。或許經常刮彩票的人會有類似的體驗，也是一地的零零碎碎。

我不是一個合格的製陶者，我並不是太在意以製成一件完整的器物作為我這些行為的終極目的。我發現自己只是在無意識地度過與泥土、水和火打交道的時間。如同我喜歡具體的勞動，也喜歡頭腦空空的過程。我相信堅硬同時易碎的陶瓷是一種類似無常命運的東西，無論它是在泥與水時，在燒製過程中，或在它成功成型後未知的漫長或短暫的未來。有很多的偶然，同時又是一種必然，它總是要破碎掉的；也許是明天，也許是漫長排隊等候的許多未來日子的一天，如同開始就預言了結束一樣。但是，這重要嗎？成為一個物，或是一種標準，又或是對時間、對永恆無意識的渴求，有多少只是人內心的虛妄念想。

「當我老了，沉溺於對傷心咖啡館的懷想，淚水和有玻璃的風景混在一起，在聽不見的聲音裡碎了又碎。我們曾經居住的月亮無一倖存。我們雙手觸摸的花瓶全都掉落。告訴我，還有什麼是完好如初的？」（歐陽江河〈花瓶，月亮〉）

是啊，還有什麼是完好如初的？還是讓時間停留在今天吧，在此刻，在目光停留的一瞬，所有關於美好的感受，不論其來源於何方，目光的停留就是對觀者與受者相遇命運的肯定。玩泥、製陶，忙碌地打發當下的時間，看似在創造一個未知東西的未來，對我而言，感受更多的卻是回到過去，回到那些已經變形得抽象了的舊日子裡。

二、關於繪畫

說了做陶捏土，就又回到繪畫上來，卻是感到難以描述，就像是當你要敘述你的家人，不知從何說起一樣。歷歷在目的往事最終通過具體的敘述已變得不真實，只有陌生人才會相對叨叨成為話癆。而對家人，你在與不在，事情都在那裡，就是這個道理。

繪畫這事兒也如此，它伴隨了我生命中太長的時間。從兩三歲的塗鴉至今，繪畫已經成為了我的職業。中間的年月並不是一帆風順，但是一個人的故事往往就是這樣，彷彿一根偶然逸出的旁枝在不經意間會成長為主幹，這過程充滿了熱愛、不斷的勞動、自我滿足、幻想和一點對此事的無所謂。直至今天，我依然不認為我在繪畫方面擁有了什麼過多的經驗，更多的還是生活在不斷教育我，後知後覺的自己往往退回內心的停靠點，也就是那些安靜而慘白的畫布前，相互呆望著，像過去的臉望著未來的臉。

或者說，當內心混亂之時，我可以回到一種底線，在這種作為底線的繪畫裡我放棄了對一些題材、形與色的追求，放棄了取悅他人，也放棄了納入某種系統的潛在打算。往往此時，還剩下些什麼呢？虛空地去表達空虛，抽象的形式，個人筆跡般誠實的筆觸，笨拙的熟練方法，莫名的一些失敗之作，也許只是為了可以揮舞四肢，彷彿一個年華老去的運動員一樣心手不協調地尋求自我的僅存的尊嚴。

這樣的工作，到底在尋找什麼？習慣性地回到自我的陷阱，填埋了多少如水滲透而出的時間，一切依舊空空。只是工作而已。

小時候整天瘋玩兒時可從不感到空虛，人漸漸變大變得有了企圖心，不驚覺中折騰幾十年，然後謝幕退臺。年輕時覺得這樣的迴圈太沒勁了，而現在自己早已身在其途中。

古人云，聞山中鷓鴣叫，不如歸去。那是說說而已，事情往往是回不去了，重新去演一遍漫漫電影，大家都累啊。畫畫也是這樣，如同一條河流的緣起與消失，或是乾涸於某處無力再前行，或是終歸遠方的海洋，這都是一種宿命。

所以我經常愣頭愣腦地去想，要對我的顏料、筆、畫布們有感情，這種情感是一個物體對陪伴他的另一個物體的感情。要讓它們死得其所，就算成為一種垃圾，也要是自己製造出來獨一無二的垃圾。面對物質氾濫的今天，我很擔心日子這樣過下去，東西們越來越賤，人成了世界的王，而這個王只是一座孤島。

我的畫室裡有二十世紀九〇年代生產的死硬的馬利油畫顏料，流出了琥珀般的油，還有我爸六〇年代用的畫筆。看到它們，我其實也沒有什麼感覺，只是找了個地方讓它們待著而已。但畢竟和新鮮家伙們相比它們的氣息是不一樣的，而且在過去的某個時刻，它們曾經完整地代表了我心中的「藝術」。那些包裝給我的刻板印象，直覺上也許超過了當時讀過的關於「藝術」的一些書籍。

這兩年自己總是畫些暗黑色調的畫，以至於有觀者認為我心緒不佳。其實我沒有刻意把自己的日常生活與創作連繫起來，經常也想畫一些特別鮮豔的顏色，就像我的另一面一樣：熱愛玩樂的生活。但最後往往還是呈現出暗黑與呆板，如同人生是無可奈何花落去的結局。我想也許我還是在這樣一個階段吧，四十歲前內心深處的不解與不定，除了睡夢中偶爾流出來的，就是在繪畫工作中曲裡拐彎的不知覺的呈現。畢竟我是擁有完整記憶的人，我清楚地記得這三十餘年我如何變成一個令自己熟悉又陌生的自我。就如同我們的故鄉，我們的城市一樣，過日子的從容與不時襲來的慌張，都在構成一個個真實的時刻。

三、關於時間

露從今夜白，白露這天意味著炎熱的天氣要漸漸轉涼了，眼見又過了一年。節氣反覆，樹木在沉積年輪，人在無知無覺地沉澱心思。一切都在過去，連同那些新鮮的東西，也是匆匆而過。

我算得上過得幸福，我也應該過得幸福。我提筆，畫著有形無形的東西，它們填滿了我過去的時間，打發了一刻又一刻的當下。有人說這是在描繪自己，我倒覺得是在不斷往自己臉龐塗抹油彩的同時試圖作自畫像。人很難真正瞭解自己，不過是在不斷地認同自我而已。等待老去的時候再卸妝，然後去認真重新審視自我，去作一幅自畫像。但是到那時，一切標準好像也都已無所謂了。

我的畫室

這是我最像故居的居所了，我也曾經有過不同的畫室，老搬，買的、租的、借用的，直至我已不想用心用力的去安定下來。至少現在我的畫室房子還在這裡，連同一部分我的過去。這是真實的。

每個人都只有任時間走，任時間去拖老每一個人生，連同萬物的一切從某一天開始都不教人新奇了，也就沒有了驚喜。如同看每年樹的春生冬謝，習慣於一座房子一樣孤獨的矗立，不為人知的淋雨排水，積雪曝晒，以自我的空洞去砥流時間之河。

生活在經過些什麼，越來越多的包袱。而人生是不能重新開始的，無可奈

過去事情的倉庫

畫室門前的大樹被砍掉了，現在門口一棵大樹也沒有了。想以前有七八棵大樹，夏天風吹得樹葉嘩嘩響，總有大鳥在樹枝上跳。現在陽光沒有遮擋的進來了。

去八十二號，頂樓的大窗簾自己掉下來了，九年了，房子也老了。也空了九年了。

一個本子很慢又很快的寫寫畫畫完了，也許用了五六年的時間。今晚在畫室，這裡也是快十年了，周圍不斷起著高樓，而院內除了臨外湖的一排樹被砍了去，倒無多大變化。冬天夜裡走在內湖過道上，月光亮堂堂的，柳樹也只有垂枝，不像夏天的湖面，四處都是大魚小魚撲跳的聲音，也沒有憑空而來的蜘蛛網，和四下裡瘋長的草。

想起從前，找畫室無意找到這裡，到後來買下八十二號，開始裝修。從前的盤算像一個理想的夢，但生活就是這樣，這裡孤寂的過了近十年，直到它在變舊、人在變老，卻少有閒心走過這裡的石板路。

房子空久了，只是東西待在裡面，像過去事情的倉庫，每次去八十二號，就像開門穿越時間回到一定限度的從前。

老之將至的肖像

是的，我還遠沒有到一個老得總在回望的年紀，但是回憶便已經自然地開始了。就像一場電影開始了一樣，一旦事情開始，就會不由自主地進行下去。站在一個時間節點上遙想或遠或近的未來的另外一個時間節點，總是沒有知覺時匆匆中所遙想的忽而已成為一種現實。就像我爸爸前段時間告訴我的一樣：「每個人都有退出自己舞臺的那一天。」當時心裡還認為這種說法古板而老套，但這卻是真的，並且讓人無可奈何。

當我第一次來到四川美院所在的黃桷坪時，是在十七歲的夏天。那是在我父母的要求下，為了不遠的將來前途，來到此地接受專業繪畫訓練。我坐公共汽車在狹窄的公路上一路向前，而公共汽車不斷地在轉彎，路旁鬱鬱蔥蔥，透過樹林可以看見山下七月上漲的長江水。那個時候的黃桷坪四面堆放著垃圾與灰土，它座落在城鄉接合部的一個國營大型火力發電廠下面，以至於它的外表堆積了一層厚厚的粉末。如果有大風從電廠下面的江邊使勁地吹過來，在恍惚的記憶中你就可以看到電廠的那些水泥建築體積會一下子小了很多，就像一份老天送給這個老舊城市的過時禮物一樣顯得孤苦伶仃。如果遇上下雨，這些房子在雨中顯得像鐵鑄就的一般，在雨水沖刷後塵灰形成的梯田中矗立。這些灰色裡點綴著圍牆邊上的夾竹桃花和梧桐樹。總之，這裡灰很大，噪音也很大，這常常讓人靜不下心來，擔心什麼時候那號稱亞洲第一的兩根大煙囪會被巨大的放氣聲震倒，像孫悟空的金箍棒一樣在那些鉛灰色的梯田裡砸出一條粗大的排洪道。我剛來時曾以為這附近有一個飛機場，因為電廠放氣的聲音就像一架正在起飛或降落的戰鬥飛機，由於尖銳的放氣聲往往持續很長時間，所以讓人覺得那一段時間內的一些飛機出了某些故障，不得不在電廠上空反覆盤旋等待著陸。一切讓我感覺那麼粗糙，就像我孩提時八〇年代的環境一樣。後來由於我的考試但我一直不明白它為什麼會叫這個名字。因為我們所在的地方是一個大盆地，離海洋相當的遠。但我仍然覺得這個名字很好，有一種理想主義和浪漫主義的姿態。搬運村不屬於鐵路局，這裡住的大多數都是搬運工人，倒是名副其實的現實主義。一到黃昏這裡的街邊就亮起了無數的白熾燈，燈光下就有很多黑頭髮的、白頭髮的、花頭髮的男人女人，老人小孩或鬆散或緊密地圍在一張翠綠的桌子上，人和那些麻將牌一起發出嘩嘩和哈哈的聲音。經過這裡怪舒服的，因為一是不用手電筒了，到處都亮堂堂的，二是可以看見人們歡天喜地的樣子，讓我感覺又回到了人間。自從搬出學校的宿舍在黃桷坪租房住後，越來越宅，不太出門。我在不斷變換的租住的房間裡，經常幸福地在燈光下對這窗戶畫這山城的夜色。習畫之初，覺得藝術的一切總是那麼美好而自由。身無長物的彼時是無論如何也想像不到，人生可以像滾雪球一樣，不出幾年，人會漸漸習慣於物質生活，會不經意間叮叮噹噹帶著大小家什前行，很快地變成一個標準的胖子。當然，那幾乎是跨入二〇〇〇年以後的事情了。在大學畢業後，和很多年輕人一樣，生活沒有著落，就又開始考試。考研的人們來來往往，各有面目，在複習的時間裡大家各自像蟲做繭一樣的把自己包裹起來。我想如果有一天某人解除封閉，把自己的繭打開，那就是說他會像隻蛾子一樣遠走高飛了。

那段時間委實乏善可陳，唯一的益處只是讓自己變得更有耐性。而對於一個畫畫的人來說，能夠坐得住也是應該的。在心若止水的單調背誦中，畫畫就是最好的消遣了。這種對於塗抹的持久興趣，其實自己也少有去深究其中的緣由，是漸漸形成的一種類似職業的習慣？還是真如自己想像的那樣是「自我的表達」？總之，日子就可以在這些單調的活動中過去。如果沒有它們，我的內心世界一定是無可依靠的。從這一點來說，這是一件可以讓人幸福的事情。我還很慶幸自己還經歷過沒有手機的時代。自己的整個大學時期，外出尋訪不遇是常有的事情。人習慣了等待，並且可以在等待的過程中想像。這都是一種美好。本科畢業後，同學大都四散開去，有時自己會一個人到夜晚的江邊，呆望著無數燈光映照下的水流，如果是童年的我，定會被這夏日夜色吸引，不定會從水的這頭游向另外一頭，尋出安靜的所在望向江岸熱鬧的人群。但是只是想想而已，這就是成年人和少年人的不同，有的事情永遠都不會去做了，沒有了行動的勇氣和精力，也許那個時候雖然還年輕，但自己的人生卻已經在緩慢地迎接衰敗的到來。這些都是屬於九〇年代的片段感受。隨著新世紀的到來，我的單調學生時代也就此結束了，四周不斷開始出現越來越多的建築工地，大家開始普遍地談論房價，電廠也早已越來越少地釋放灰塵和噪音。四川美院也在慢慢籌劃搬離黃桷坪，到「大學城」去。可能事情本來就應該是這樣，只是當時在黃桷坪一切變化來得太晚了。然後不出幾年，我終於也離開了這個地方，同時徹底告別我瘦弱的九〇年代。年年有四季，四季不同天，從小我就樂於感受四季的分明帶給自己的體會，但在三十歲以後，好像也漸漸地疏忽了這些美好的事物。人習慣了去接受現成，或者是事物經過後才恍然有知覺。

在這一刻，一個馬上要奔四的人，感覺自己老之將至，而內心仍然惶惶如孩童一般，不同之處在於自己已不是白紙一張，在塗抹的下面仍然是對這個世界、對自己已過和未來人生的深切有覺和無知。

密室裡的自語者

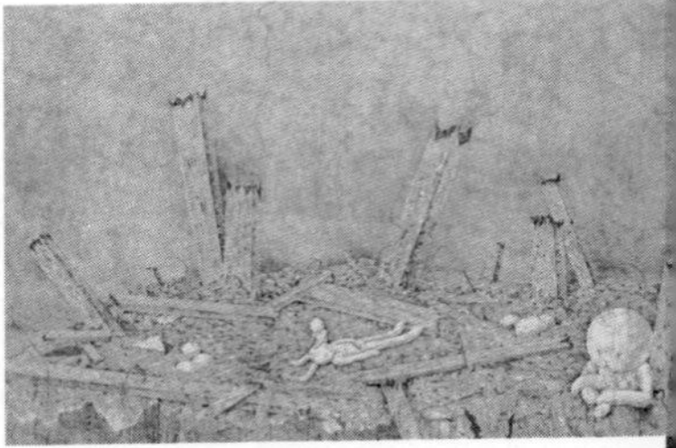

行至中年，新的世界和老的世界同時存在腦海裡。畢竟生活的慣性已容不得人再去改變什麼。是的，有時候生活就是這樣局限，就像一張從水裡出來濕淋淋的空網一樣。

小心思多了人們難免會回到原形。人群聚聚散散，沒有人是自由的。一個為自己勞動的人，一個密室裡的自語者，天光畫室投下每天的光線，還有永恆的灰塵，落在靜物與人的身上。多少虛無的念想，多少徒勞的行動。

想起在家翻看老相片，也未覺多過幾年，但那少年就已然走了大半人生。很奇怪的是我有兩年中學時光，竟沒留下什麼相片，除了鄉下風光與青春將至留下的印象，故人一個也沒留下，就像沒有發生過的事情一樣，隱約存在。

想起從前老舊的重慶，高中時期的川美，人和物的變化，表面上看起來真是大。但一日與朋友去一檯球廳玩球，見從前眼熟的幾個人像頑強抵抗時間一般駐在球臺專心打球，要知道我大一時他們就在打球了，川美人來人去，無數畢業生四散各謀生計，而這幫閒人依然，閒人依舊在，幾度夕陽紅。不知辛苦打拼在外的同學們知道了，心裡幾多歡喜幾多悲。

一個舊世界在變老，一個新世界在眼下形成。所有還可以和不能經歷的，都是片斷。

時間不過二十年，歌樂山還在，人卻全部都老了。

轉眼積玉橋那些破爛地方都修好了，還沒等我記住它們，就不見了。

轉眼與父母分別有五個月了，一個人一生還剩下多少五個月。

就這樣又一個暮色將至，無論強與弱，都又回歸自己。面對黑夜居於室內，遙望星塵，時間長河，肉身如此渺小易逝。想起亞強指著在澡室裡躺臥的那些背影說這些都是逃避家庭而夜宿於此的人，背後的生活瑣碎如澡堂子裡的水一般的多。又想起伍勁的小兒子對他說的：「你是一塊大石頭，我是一塊小石頭，我們永遠在一起……」之類的童言童語。能夠真正在時間的急流中抵抗並溫暖的也莫過於此了。時間能夠讓人絕望，時間之長也能讓人忘記很多東西，覺得當下的快樂是永恆的，手上現有的事情最重要，從而讓人時常變得急促、自私、狹隘。

人就如進入一間屋子裡，不斷開著一扇又一扇的門，沒有進入之前都不會知道前路會有什麼。當然，希望門開以後，是亮堂的，可以平順走入，而不是心亂如麻的一種處境。

世事流轉，人感知當下，線性的時間將過去永遠保留於過去，而人的記憶又構成了眼下的這個精神世界。身體已很多年沒有大的變化了，只如樹幹一般慢慢結實而衰落。其實也並無什麼可以懷念的，人生不過一場大夢。生活形成自己的邏輯慣性，不到大限不知生命脆弱。

保有對人對事的希望總是好事，雖然有些希望不過是迷幻劑而已。

舊時曾被夏風吹。

野水流過，水流花開。

野火行至枯草，被春天的杏花、梨花、桃花照亮的火。

白色空空，這輕薄的行李。

〈出門〉

老天照顧過你
吃土的人
雨天沖刷你頭髮上的灰
風中你的頭髮一動一動
多少年了太陽是照在桑乾河上
我迎著風吐著口水
從南方的低雲到北方的高天
土地綿綿不絕

我們都愛少年人
他們出門再不回來

〈少年時飛馳如風〉

少年在翻開的泥土地裡徜徉
腳步如犁
剛長成的狗子
弓弩般在水泥地上奔跑
總有一些人忙　一些人閒
一些人在看細小的事物

〈離散〉

地球轉動
人在分裂
我們認識的時間其實會越來越長
像小蝌蚪一樣拖著長長的尾巴
樹葉和黑頭髮一樣清晰
再後來的事大家都有些淡忘了
比如各自對麵條滋味的理解
你看　人是需要與人陪伴的

就像書的每一頁壓在一起
字是字的鄰居
時時看著日常器物
在安靜受光
世上難以陪伴的是一生
常常離散的是風

章節六

黑灰色的風箏

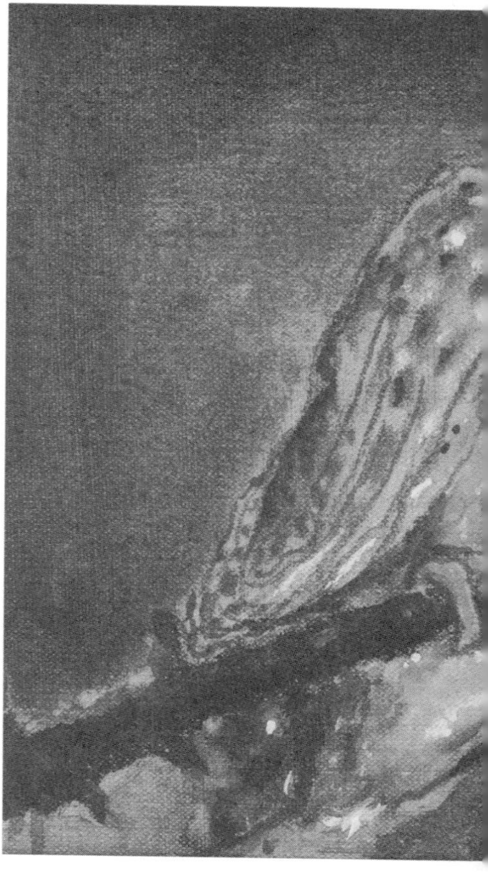

飛鳥是不變的

我夢見了你，年少的我，在我中年的時候。以對待自己身體的方式，若有若無地觸碰撫摸，我丟給了你一頂柔軟的帽子，依稀覺得遠行將至，帽子貼住你當年柔順的頭髮，你的臉飽滿的弧線像一枚來自遙遠童年的果實。無聲息的坍塌開始了，同樣是坍塌，眼看著他人的便是熱鬧，於自己卻感覺熟悉的過往在一點一滴流失。事情是怎樣開始的，我們是如何熟悉和陌生起來的，記憶又一如既往地變得不太可靠，而抽象的片斷畫面超越了具體的時間、日子、故事。人與人的距離從一米到一釐米，卻其實還是陌生人。我記起從前少年挺直的腰和少年若有若無的笑……直至手指伸過來時天暗下去，不得不點起打火機，然後對那個少年說：「你的下巴和脖子讓我感覺是一種故鄉。」

可能那是真實的片斷感受，也可能是一種致幻或自我沉醉的迷藥。那些時候氣候剛好，那裡有每一個溫暖的夜晚。我對自己一無所知，或者說也不想去知道。很難分辨是在回到一種過去或是走向一種未來，一切只是體現在晃蕩夜幕中的那些模糊的表情裡，那些組成印象的鏡子碎片：烏黑的頭髮、故鄉般的下巴或是一種笑意蕩漾而禮貌的表情。總之，這個在黑暗裡的開始就如同一粒被用力擲出的石頭，讓人記住了那用力瞬間的感受。

鏡子還在這，但人卻不再鏡中經過。這一切多麼快，歷史感就是這樣形成的。我們度過了很多冬天，然後來到很多的夏天，一想起那些不能自控的人間改變，我的內心真是潮濕溫柔，忽然記起某次這個少年獨自尋路的山林中，溪水暴漲，雨霧濛濛，天色將黑還在尋找出路。天下雨了，我在一個陌生的地方，身上濕透了。就像那些過去時代的人們，人都經歷了多少次別離，你總是駐足我身後目送，或是果斷走開。無論短長，真如同每夜生長出來的露水一般，太陽出來就消失掉，而到分離的年代，只聽見晶瑩透亮又潮濕的歎息聲。還記得那些無數次被刪的頭腦裡的資訊，沒有了它們很多真實細節也就消失掉了。那麼多曾經在空氣中傳遞的點滴訊息，應也都是往從前居住的南方去。我們在各自不同的座標，最後停留在一間無人的小屋裡，裡面滿滿當當的東西，那是所有的過去，也是一種眼中存在的自我。這是一種現實，其實每個人都是這樣的，零碎又整體，生長成為無奈和一種從容。少年時行動在外，像一隻小動物，自身帶著行動的毛皮，根本不需要龐大的行李。

人畢竟是肉身的，年齡稍長，便覺從前樣樣皆好而如一場夢。對於未來也沒有了標準，小時候又總是會期待成長。夢是肉身休息的所在，恍惚間時間不再具體。那些不多的人，不多的事，無論好壞皆暖烘烘似埋在白雲中，混沌一片。什麼愛恨情仇，遠大前程，在一秋草木前都靜止了。就像從來沒有來過，去時也無一絲聲息。雨後星星點點的蘑菇，就像萬物的生長一樣，起始和衰敗下去的迅速，個體生存的渺小微茫和唯我獨在，這就是生命的煙火一閃。創作作品的過程和狀態，和平時日常的生活，都是生命真實的面目。時間就順著每一天，順著細小的管子流走，這是一個不斷消耗的概念，也是最平凡的道理。在其中，每一代人的太陽都是新鮮的，這個陳舊的世界在流水席一樣迎接人們的來到和離去。

看著事情來，看著事情走。沉默如泥土，靜止如大地上的物體。安寧平和的永遠只是迅速移動的命運中的一瞥。我偶爾看見的炊煙和野火，想來總是有人會因為某個時刻而去點燃它們，火的樣子是經年不變的，不變的是江水卵石，不變的是人們種在地裡四季的菜，有時似乎飛鳥也是不變的。

一瞬之光

別了，我的院子，我將不再看見你。四季裡長出些什麼奇怪的草木，這些草木又如何無聲息地凋零，我已忘記你從前整齊土壤的樣子。從前一些打算，連同從前的樣子，如天空雲卷雲舒，過了就消失掉了。世間萬物都在等待與你相逢，每一滴水都是來自於天空，對於陌生的事物可以多看兩眼，無人光顧的房間也有光在遊走。

年少時耳朵裡總有些奇怪的呼聲，如同來自內部萬千嘈雜的呼喊一般，那是潛伏在幼小身體中山谷裡的居民，拿著火把等著風。

不知生長到什麼時候，很多事情穩定下來了，這是關於人的身體的事。

超越日常道理的事總是存在的，猶如電絲微顫，也是一點點的瘋狂。所以，我們想要瞭解另外一個人是多麼的難。只得由它去。江在那兒、山在那兒、天晴了、下雨了、颳風了、只得由它去。

我們與童年共用的，是同一個身軀，而又彼此陌生了。

那些不輕易被時間毀掉的物件啊，人的肉身還真抵不住這二三十年的沖刷。鏡子還是會亮起來，紙張不過黃一點點，甚至有的筆還可以寫，鐘錶還能滴答地走。而人只能望向每年初春的綠芽，記起從前如何低頭地經過它們。你說，人是有多盲目有多健忘的。

有限的世界是可愛的，可以記住所有的東西而井井有條，是這樣的恆定世界產生出一個具體的人，這是一個人的起源之地。世界很大，人很多，其實我們都記得一切，這些記得的一切如落下的葉子與果實一樣，回不了頭的造就了過去的世界。這短暫的一瞬之光。

人世不過流星

人會長大，東西不會，比如小孩子的衣服。

人會變老，東西變舊，那得要更長的時間。

人世不過流星。

一個月又一個月過去了，一年又一年過去了，一些習慣的事情在變化，不再天荒地老，人在其中也作了見證，那些剩下不了多少的時間，終會用盡。

我的身體已很久沒有發生變化了，我忘記了自己集中生長的時期。

那是我平靜的書桌，柔軟的光透過了簾子，想起自己曾經趴在地板上做的那些清潔，擦拭過的一寸一寸的房間地板。

從前廚房裡沒有通燃氣，每個月總有人送煤氣罐子上來。這裡雜七雜八的東西們遠不及後來的日子多，只不過七八年光景而已，事情很快都忘記了。那些存在過的細節好像是一個小世界的起源。

武漢有個地方叫石榴紅村，開車看見過路牌，好聽的名字。我從未去過石榴紅村，我經過長江時是雨天，想著這種殷紅的果實，水滴落在指尖是刺破的血，天上落下來的水是透明而沒有成熟的石榴，江岸青草在大口吃水。

我的洞穴

突然發現我度過了在這座屋子最好的時候，比如從前樹沒有被砍掉，春夏下雨季節會有很多白蟻，對門也沒人住，很安寧，而現在越來越亮堂了，越來越像有人住的地方了。

我的洞穴，我也要搬走了。

媽媽永遠是擔心我的，養大一個小孩子，伴隨的目光總是歡欣與擔心的。又想起了那個我大學時她託人做的簡陋油畫箱，那幾乎是屬於農業時代的情結與人際關係才能出現的產物，而我幾乎也沒有用過它。

很多人都很閒，很安靜的生活著，像接受日頭的安排一樣生活，樹蔭密了，

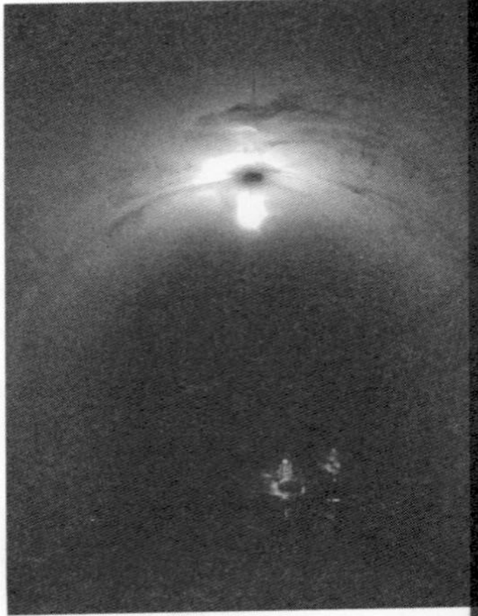

一切都挺好。動不動的這些人就都紛紛老了，想想其實當我開始老的時候，很多人都離開人世了。

兒童也有很深的情感，只是天性愛笑。那是竹筍剛抽條的時候，那是冬天臘梅剛掛枝的時候。老年人也有幼稚的內心，那與他們的兒時如出一轍，時間世事並沒有將其改變太多。他們的父母已逝，他們的夥伴已散，他們的無可奈何看著時日如流走的水。一年、兩年、三年……時間越來越久遠。事情在走，世界也在變，有的人很頑固，如石頭一般難以變化。念及從前種種，那些不為人知的隱祕處，內心深處記掛處，卻是杳無音訊。這一年一年的，春雨仍來，春潮仍舊漲，事情一件件排著做過去，有的人事已淡忘得了無痕跡。那些被陪伴過的快樂、信任、艱難、難以啟齒的小心思、一些悵然的表情……所有一切都是可以被理解並時時回想的。只是，人哪裡禁得過這動不動就是三五年的時間。過日子，最後不過是自己守著自己罷了。

今夜呆呆的看些舊物，老照片，重新再發現自己生活中的人們和自己。已無牽掛同時絮絮叨叨，時光不可逆、許許多多客途中已下站的同車人，他們不會再回來。

睡著的農夫與麥浪

童年離現在很遙遠了，但是好像居然還記得一些。比如我幼時啃自己的膝蓋頭，那軟軟光滑的感受。又比如我哭鬧時抹去眼淚的小小的手。那個時候，總是離地面那麼的近，清楚地看見各種細小的花草。

我的手掌什麼時候不知不覺變大的，成了如今這般厚實有力。習慣了勞動，習慣解決自己的生活。有幾十年了吧。

還記得晚上爸爸去接下夜班的媽媽，我一個人在黑暗裡盯著窗戶，月光映些搖曳的樹枝，教人躲進被窩裡心生恐懼。如果是在夏天，電風扇按鈕的紅光會照出電風扇搖頭時巨大的黑影，在天花板上，就像一艘召喚我進入它內部的

飛碟。

還有一次，我拖著小鐵步槍去到大街上，在人潮的街頭等待下班回家的媽媽，那是樸素的八〇年代。也有一次起床後一聲不響地跟在去上班的媽媽身後，走了很久，直到她發現了我，於是那一天便沒有去學校上學。很多事情已忘記了，說不準某天又會想起很多真切的細節來。無論如何，我走到了今天，離幼年十萬八千里的現在。一滴水如何思念它的源頭，終只能是在腦子裡過一過，我已到人生的中游了，在被時間裡挾著急速地奔向出海口。

有些未到來的日子會顯得漫長，更多的是回望中的日子在快速翻過。一天，又一天。經過很多日子，便上了小學，童年翻過很多日子便進入了少年、青年。然後當然，記憶就完全不一樣了。很多東西都離散了，我再也沒有見到那些兒時陪伴我的物件，因為那個時候作為小孩子，本來也沒有什麼過多物品。我很懷念小時候的衣服，很難想像我的衣服從前會是那麼的小。那些課本，從來沒有認真看過，裡面全是我的塗畫。每每升學考試完便開始找個地方燒課本去了。看青煙被風帶起，吹進更高的天。

重慶地區多是丘陵，那種一個一個的小山包。稻田也很多，有些丘陵上會露出許多白色的大塊石頭，像是靜止的羊群默默地啃食灌木。四處可見一種矮矮的有著尖頂的樹，墨綠色一排一排的，像站在丘陵上的士兵。如果有走夜路的經驗，看四下裡都是這種一人高的黑樹，在列隊聳肩行進。有時，一點火光由遠及近飄來，原來是一個趕夜路的抽菸農夫。冬天裡鄉鎮的夜很安靜，有時聽見身旁流水潺潺的聲音。那些記憶，應該是在九〇年代初。這些都是我生活過的地方。

活在回憶舊事中？也不是，只是疑惑於時間的魔力，彷彿只是推開一扇門的工夫，就跨越到了現在，而回望之時門已永遠關閉，來路更像是不曾有過。風吹麥浪，溝壑萬千，又有哪一道是可以重複的，如同我經過的和未來的分秒。每每見到的青綠稻麥都是當季的，和去年此地長出來的莊稼一模一樣，而來年，又會在泥土中生長出同樣青綠溫和的糧食。如果麥田還在，便一直都會成長著青春的稻麥。燒荒的人來到秋天，黑色灰燼在冬天消失，被春雨徹底沖入土地，完成養分的迴圈。

我離我從前太遠了

電話那頭媽媽突然哭了幾聲，這是少見的，也許這一刻她回到了她曾經是個小女孩的從前，因為擔心我，而直接了當地選擇哭泣了。父母總是給我以恆定的家長印象，其實他們和自己的成長是一樣的，他們與小時候並無二致，都是同一個姓名和肉身。

越往山的深處走，霧氣越重了，頭髮變得濕漉漉的，也許空氣中一直在飄極細的雨絲，四周的樹木、田地都在水氣裡。這些記憶已經不具體了，當時我為什麼要獨自去那山腳下，聽到溪水嘩啦啦得流，記不起原因了。

奶奶躺在那兒，她去世了。人們排隊去看最後一眼，一個人走了一輩子的路，就此躺下了。她的妹妹哭了起來，俯身說道：「你好好休息吧。」然後她的淚水一滴一滴掉落在奶奶閉上眼的臉上，這與她生前所經歷的無數次雨點滴打是一樣的。

大多數事都一去不回頭，到了一定的年齡，很多事戛然而止也是正常。一去不返的有江有河，有天上的雨水，有離開的人。人待在各自的生活中習慣著幹完各自的事情，各自的世界已不似從前那樣非要有什麼意義了，這是人生的階段。是啊，人是多麼自負地在忘記，又是多麼盲目地在生活。有恆定的一屋為家的所在是重要的，讓人記得的那些燈，那些門窗簾子，那些許多年不曾動過的地方。

翻看手機，基本上一年多就會拍照滿一個，發現一年也是很長，一個月一個月的幹了好多事情，但同時又那麼的單調。這一年一年的已過了好多年，生活都有開始與結束，習慣的事物也有不習慣的一天，日子慢慢就會到頂了，不知下一年又會有什麼變化。六月到了，又是夏天將至了。

人過日子，就是世間事，就連經過的事也在忘掉。不關痛癢，這就是現實，過去、現在、未來都可以是一團漿糊，只有小孩子的世界是有限和新鮮的，所以他們清晰。

少兒十年，青春十年，大學十年，工作十年。想起今年春節回江津爬荒山，就像在殘軀上尋找遺跡一般。

如果說過去有經歷殘酷時刻，其實身在當時倒不覺得慘烈。

沒有人會記起了，這世界終如沙般被吹散去。

一年前的事已很遙遠，而我已過了四十三年，我離我的從前太遠了。

兒時無聊看江，不學無術無所事事，日頭漫長。

風箏，天空中的魚

小時候春天來了就會偶爾放風箏，那個時候人們沒有什麼太多娛樂，所以回想起那些放風箏的人，在山坡上和河灘裡趁風起的季節，放各家自己糊的風箏，就像白日下的黑白影片一樣。

有些人的風箏可以放飛得很高很遠，他們拉扯著線感受著風的力氣，風箏遠得成了一個小點。似乎這樣的遊戲是對人們平凡生活的一種超越，放風箏的人和風箏各在一岸，懸若遊絲的線因為拉得太長而成了一個大大的弧線，遊走在人們上方的是來自四方自由的風，風箏就是人們放在天空中的魚。在我的記憶裡，遙遠而又牽扯在手中的風箏，更像白雲之下的人間往事，更像一種關於幻想引起的真實童話。仰天看久了後，一切都褪色了，那些每一年天氣漸熱後聚攏玩耍的人群也都被歲月沖散不知所蹤，各安其位了。

我的普魯斯特問卷

你認為最完美的快樂是怎樣的？

我突然想起我在很小的時候見到過的綠色透明的菱形石頭，在礦裡撿到的，它是我童年發現的奇異世界，當你賦予一件事物信任時，記憶深處的難以名狀的這一個點穿越了具體的時光。

你認為什麼樣的痛苦程度最淺？

走在水裡，淌著水聲，有微小的恐懼。

你最希望擁有哪種才華？

如果能夠超越現實，我希望能飛，俯瞰大地。

如果你可以改變自己一件事，你希望那是什麼？

不要讀什麼小學初中高中大學，希望父母在從前有能力做到這一點。

如果你能選擇的話，你希望讓什麼重現？

重新去反覆地度過同一年齡的時光，去嚼同一塊糖。

你最恐懼的是什麼？

徹底否定自己。

你最傷痛的事是什麼？

絕對的孤獨。

你最大的遺憾是什麼？

還沒有好好的看看這個世界，就跑馬過去了。

你最厭惡的是什麼？

受人擺佈。

你最痛恨自己的哪個特點？

沒注意。

你最痛恨別人的什麼特點？

勢利眼。

你這一生中最愛的人或東西是什麼？

第一次認識東西和人，認出顏色，嘗到味道，分辨質地……事物之初皆美好。

還在世的人中你最欽佩的是誰？

頂住壓力、接受好運，去投中最後壓哨一球的人。

還在世的人中你最鄙視的是誰？

欠我錢的畫廊主。

你最喜歡男性身上的什麼特質？

有情有義。

你最喜歡女性身上的什麼特質？

體貼。

你認為自己最偉大的成就是什麼？

活到現在。

你最喜歡的作家是誰？

海明威。

你最喜歡的虛構故事中的英雄是誰？

會飛的超人。

誰是你真實生命中的英雄？

我父母吧。

你最喜歡的旅行是哪一次？

小時候恍恍忽忽跟著大人坐夜車輾轉的那一次。

你最看重朋友的什麼特點？

有事沒事常見見。

你最希望生活在何處？

生活在多重時空。

你希望以什麼樣的方式死去？

有準備的情況下，比如手握畫筆在畫布前。

如果你死後又以某種形式回到人間，你覺得會是怎樣的形式？（人、動物還是其他）

當個動物吧，當個靜物也行。

彼此分離 彼此遺忘

那春節前陪伴我的魚，也早死掉屍骨無存了，這些都是無人知曉的事。只有我自己知道，並且在以後也會被忘掉。

這孤寂的房子，一種歷史。

人的頭腦裡的世界是多麼奇怪啊！裝滿了曾經發生過的真實的故事、場景、溫度、味道、對人的印象，而當鏈條斷裂，事情走到時間的某一步時，又一切只能留存在腦海裡彼此交錯，這說明一個人是活到了一定的年紀上了。日出日落不知多少回，舊時世界留下的證據都消失掉，只有事情的邏輯推著人在走，形成了自己的角色。真羨慕那些生活在新鮮世界裡的人，那些小孩子，但同時

沒辦法

有的事情沒辦法就是沒辦法，不管腦袋是不是「轟」的一聲，不管街上是不是有人大聲在叫出事了，不管你是眼睛定定的盯在某處還是口是心非。總之有的事情一旦到了某種地步就是沒辦法。

我記得前幾年有個時候，我盯著花盆，盯著床單，盯著窗簾，盯著爛木頭，但還是一點辦法也沒有。我知道事情會是怎樣一個結局，我想我可能只能是在等待，到了結果出來的那天我也就解脫了。可能這種時候我就像一隻蚌一樣躲進自己的軀殼，聽不見外面的聲音，看不見有人在走動，甚至覺不出時間在流走，就有點像睡著了一樣。你不要以為我是有耐心，我只是不知道該怎麼辦，因為有的時候你會說什麼幹什麼都是錯的。

就讓事情更糟些吧，任何結局我想我都可以接受，不知道這是不是所謂的心灰意冷。我有時會突然醒來，會對眼前的一切無比厭煩，這個時候往往無處可去。走在街上，走在路上，走在圓圈裡，走在上下坡上，仍覺得自己沒有移動。心裡還停留的一點惋惜或方法都被排斥掉，就是乾等。

這種狀態很難得，平時裡絕不可能這樣。只是在徹底沒辦法的時候，才會這樣。有點像身體被掏空了一般，沒有力氣，所以只能幹瞪著眼入睡。這與空虛的時候感覺不同，空虛的時候還可以打發時間，隨你怎樣打發，看書也好、睡覺也好、看碟也好、修東西、大掃除、吃飯也好，總之這樣就可以過了。但在這種時候，你只能在空氣裡靜默，像一件靜物，在人的凝視下不會不自在。

等啊等，可能永遠都不會好起來。時間就在你身體裡迴圈流動，於是自己就這樣把自己打發掉了。沒辦法啊沒辦法，從小到大我們都在應付生活，接受安排，混混沌沌地排著隊成了現在這個樣子。心裡有再多的想法，也只是大家庭中的一分子，我不知道別人如何，只知道自己彷彿並不是自己生活的創造者與參與者，而只是在旁觀，在發呆，在這個隊伍中游離，然後度過時光。

十歲有十歲的觀看與成長，三十歲有三十歲的觀看與成長。藝術真有那麼重要與有趣嗎？於大多數從業人員而言，我相信這只是一份「很有前途的職業」，一種沒辦法的慣性。我以為藝術是一種態度，是我們在度過時間，打發生活的時候開始觀察與幻想，自然在身體內部發生的反應。這種從自我出發構建起來的個人精神世界，越是虛無，越是荒誕，越是能反映出背後的真實意義。如何去面對我們的人生，還有命運中的偶然，如何消解掉諸多的「職業病」以獲取「得道」的自由，也許勇敢的態度勝過了一切機巧。

三歲看大，許多人在長大變老的過程中只是多了一些程式化的壞毛病而已，成長就是我的主題。每當我看見人的面孔，無論小孩還是大人，就會浮想聯翩，想像他們沒辦法的去穿越時間，去等待命運的安排。

我只是一個沒辦法的生活的旁觀者，不相信太多的人生經驗，想在觀看中等待，等待自己去發現真相的那一天，一切由自己在觀看中得來，而不是聽那些沒辦法的人們悄悄告訴我的生活小祕密。

時間的帷幕

每個人的生活如同每個人的呼吸一樣，起伏自然。無論怎樣過生活，時間都在推人老去，這是我感覺到的事實。興高采烈也好，自艾自憐也好，所有的日子都在從這一頭跑到那一頭。如果我想做什麼的時候就只是做，停下來的時候就應該停，一天一天挨著過，那就是不錯的日子。

最終日子還是像草一片一片地被割掉了，散亂的草很快就變枯乾，日子過去了像是投了水一樣，不知蹤影。

石頭投入水中，波紋一圈一圈散開去，水面復歸平靜，依舊倒映些山川樹木，漂些枯枝敗葉，一派平和安靜。闖入的石子躺在水底無人知道，這也是一種歷史的存在，是隱祕之處事情發生的源頭。這些石頭構成了人的內心，唯有當事者知道而又無從說起。每一個人心底都有的一堆石頭，消耗著人們的時光成為歷史。是存在過的，已經故去的事物，我懷念它們卻再也不能真切撫觸得到。

此時照進屋內的陽光溫暖而具體，但這不過是一瞬，終將很快會褪去，和夜裡的潮汐一樣。屬於過去的興高采烈的時刻，只有一瞬間、一小時，或是一個下午、一個清晨。這種難以言說，沒有特別原因和記憶的時刻，夾雜著一些莫名殘留在記憶中的景色，構成了昏昏度日的數年。一天天排隊過去，時忙時閒。在看不見的地方，野草在生長枯萎，風吹過水面，大雁南飛，早晨和黃昏的日光塑造出地面上的各種美景，人們在幹著各種的工作。小孩子清晨睜開眼所見的陽光，日頭彷彿不會用盡。世界本來就很美，只是一個人的一生太長，長得忘記了最初被這世界的美打動的時刻。幼時所遇見的新鮮世界，在去往成年的路途中不知過了多少榮枯，漸漸也無視和忘記了。這是不是說，當新鮮的模樣過去後，從某一天開始這個世界會慢慢不屬於我了。

想起一燈如豆的日子，現在是少有經歷了。在不太久遠的過去，一些夜晚就是在昏暗神祕中緩慢度過的，在一小塊光亮裡照見對面人的臉，人做動作時巨大的黑影晃動著。黑夜裡在屋外的月光下，也可以看見一些東西：影影綽綽的竹林、閃著細光的溪水、遠處層疊的小山，以及低矮灰白的雲。蛙與蟲子在遠遠近近地鳴叫，水塘裡的紅魚潛了下去忽然消失，然後又柔和地悄無聲息浮起來。一切向安靜處走去，包括夜奔在野外的人，都會讓人懷疑自己是在夢裡迷了路。也許這一切都只是我的一種清涼的想像，歷史本身就是屬於夜的，現實則是白日下的街道。

在人不知道的地方，水一直在流，從細水到大江大河，從天上的水到地層下的暗流，萬物如此這般各安其位。人身處在過去和將來茫茫如水般流動的時間之中，深一腳淺一腳地走著。世界回縮到最初僅有的那幾個人身邊，那是一個一切都相互知曉的恆定世界。那是世界最初的樣子。往後的日子，人漸漸長大，在你不知道的地方，在你離開在外的同時，故人正在凋零。

所以，對不起讓你如此孤單，而同時我自己也是孤單的。人生到了一定的時候，就是這樣的。人與人，人與事的聚散離合就是天註定一般。

心定下來，安心接受自己的命運，是一個人應有的老實面對時間的樣子。事情往往難有真相。

窗外仍是沉睡而即將忙碌如常的世界，各種聲音會漸次出現，神祕而個人情緒的夜會退去。在冬天的凌晨用冷水洗臉，在一瞬間的溫情微光出現時，內心有如鳥雀歸巢，渺小而惶然寄生在這世界。但願老年的感知提前到來，兒時的眼光延遲消退，試著拉開已逝和未來的時間帷幕，自我就是唯一可以完整真切接觸的人類標本。

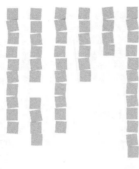

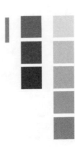

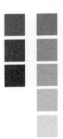

依揚想亮｜出版書目

城市輕文學

《忘記書》劉鋆 等著
《高原台北青藏盆地：邱醫生的處方箋》邱仁輝 著
《4 腳 +2 腿：Bravo 與我的 20 條散步路線》Gayle Wang 著
《Textures Murmuring... 娜娜的手機照片碎碎唸》Natasha Liao 著
《行書：且行且書且成書》劉鋆 著
《東說西說東西說》張永霖 著
《上帝旅行社》法拉 著
《當偶像遇上明星》劉銘 / 李淑楨 著

任　性　人

《5.4 的幸運》孫采華 著
《亞洲不安之旅》飯田祐子 著
《李繼開第四號詩集：吃土豆的人》李繼開 著
《一起住在這裡真好》薛慧瑩 著
《山・海・經 黃效文與探險學會》劉鋆 著
《文化志向》黃效文 著
《自然緣份》黃效文 著
《男子漢 更年期 欲言又止》Micro Hu 著
《文化所思》黃效文 著
《自然所想》黃效文 著
《畫說寶春姐的雜貨店》徐銘宏 著
《齊物逍遙 2018》黃效文 著

李繼開——第七號文集

這樣的顏色叫做灰

作者—李繼開—發行人—劉鋆—美術設計—胡發祥—責任編輯—廖又蓉—法律顧問—達文西個資暨高科技法律事務所—出版者—依揚想亮人文事業有限公司—經銷商—聯合發行股份有限公司・新北市新店區寶橋路 235 巷 6 弄 6 號 2 樓・電話—02-29178022—印刷—禹利電子分色有限公司—

初版一刷・2019 年 4 月・平裝—定價—450 元—

ISBN — 978-986-97108-0-0 — 版權所有 翻印必究 — Printed in Taiwan

國家圖書館出版品預行編目 (CIP) 資料

李繼開 第七號文集：這樣的顏色叫做灰 / 李繼開作
-- 初版 . -- 新北市：依揚想亮人文，2019.04
面；13x19 公分
ISBN 978-986-97108-0-0（平裝）
855　　108003521